I0674827

LES FÊTES

DE

SAINT MARTIN

EN 1890

INAUGURATION DE LA NOUVELLE BASILIQUE

DOUBLE JUBILÉ DE Mgr MEIGNAN

TOURS

IMPRIMERIE ERNEST MAZEREAU

RUE RICHELIEU, 13

1890

L^k
27306

LES FÊTES DE SAINT MARTIN

EN 1890

K 7
27306

LES FÊTES

DE

SAINT MARTIN

EN 1890

INAUGURATION DE LA NOUVELLE BASILIQUE

DOUBLE JUBILÉ DE MGR MEIGNAN

TOURS

IMPRIMERIE ERNEST MAZEREAU

RUE RICHELIEU, 13

—

1890

A SA GRANDEUR

MGR GUILLAUME-RENÉ MEIGNAN

ARCHEVÊQUE DE TOURS

« La ville et le diocèse de Tours viennent de célébrer des fêtes exceptionnelles, qui marquent une
date non seulement dans les annales religieuses de
cette province, mais encore dans notre histoire
nationale elle-même, à laquelle le nom et le culte
de saint Martin ont été si étroitement mêlés pendant de longs siècles. »

(Correspondant, 25 novembre 1890.

MONSEIGNEUR,

Le souvenir de ces fêtes splendides occupe une
place d'honneur dans la mémoire de votre clergé,
de votre famille, de vos amis et de vos diocésains.
Il demeurera aussi, nous n'en doutons point, une
source toujours vive de joie dans votre cœur.
Mais ne convenait-il pas d'en préciser et d'en
fixer les intéressants détails, de faire contempler
dans son bel ensemble ce qui, pour plusieurs,
n'avait été vu qu'en partie, d'offrir à la lecture

des paroles, des allocutions et des discours si agréablement et si utilement entendus ?

Beaucoup l'ont pensé ; puisse cette brochure répondre à leur louable désir.

Nous espérons, Monseigneur, que vous daignerez en accepter l'hommage, qu'elle vous paraîtra un témoignage nouveau de notre vénération affectueuse, et qu'avec nous vous prierez saint Martin dont la grande image a plané au-dessus de toutes ces fêtes, d'en bénir le modeste récit.

20 novembre 1890.

LETTRE PASTORALE

ET

MANDEMENT

DE

MONSEIGNEUR L'ARCHEVÊQUE DE TOURS

A L'OCCASION

DE LA FÊTE DE SAINT MARTIN

DE L'INAUGURATION DE LA NOUVELLE BASILIQUE

ET DU JUBILÉ SACERDOTAL

DU PREMIER PASTEUR DU DIOCÈSE

───────

GUILLAUME-RENÉ MEIGNAN, par la miséricorde de Dieu et la grâce du Saint-Siège apostolique, Archevêque de Tours, Assistant au trône pontifical, etc , au clergé et aux fidèles de notre diocèse, salut et bénédiction en Notre-Seigneur Jésus-Christ.

NOS TRÈS CHERS FRÈRES,

Entre les fêtes de saint Martin, toujours brillantes et consolantes par l'éclat des cérémonies, par la présence des évêques venus souvent de loin se joindre à ceux de la province ecclésiastique de Tours, et surtout par l'affluence des populations tourangelles, fidèles au culte de leur glorieux et toujours secourable protecteur, la fête de l'année 1890 sera particulièrement mémorable. Elle marquera la date inoubliable de l'inauguration du beau temple élevé sur le tombeau de saint-Martin, à l'aide des offrandes des chrétiens de France, des pays étrangers et particulièrement du diocèse de Tours.

On parlera longtemps, N. T. C. F., du fait considérable de la découverte du merveilleux tombeau de saint Martin, et de la reconstruction de son temple de Touraine.

Par une surprenante coïncidence, la sainte Bible raconte la reconstruction du second temple de Jérusalem comme nous pourrions exposer l'histoire de la seconde basilique élevée à saint Martin (1).

Les Israélites, revenus de la captivité, ne retrouvèrent plus que des ruines de leur premier temple. Le clergé de Tours, après la révolution qui l'avait exilé, ne retrouva plus, telle qu'il l'avait laissée, son antique basilique. Fermée au culte, elle ne lui apparut que chancelante sur ses bases crevassées, et caduque moins encore par le fait du temps que par suite d'un long abandon. Elle était désormais perdue pour lui, et elle tomba bientôt sous le marteau des démolisseurs.

Zorobabel, fils de Salathiel, commença par élever un autel sur le sol béni de l'édifice salomonien. De même aussi un archevêque de Tours, le vénérable cardinal Guibert, se hâta d'élever un autel auprès du tombeau dès le premier moment de sa découverte ; et, comme à Jérusalem, les fidèles en foule recommencèrent aussitôt à offrir sur le nouvel autel leurs sacrifices et leurs vœux.

Nous rappelons ces faits pour remplir un devoir de reconnaissance envers le zèle intelligent et

(1) Esdras, III, IV, V et VI.

pieux des chrétiens méritants qui ont retrouvé le
tombeau, et envers les archevêques de Tours qui
ont, sans retard et pendant un long temps, provo-
qué les dons du monde entier pour le temple à
construire.

L'autel provisoire relevé, il fallait à Jérusalem
et à Tours remplacer sa tente, l'abri indigent
dressé à la hâte sur un sol consacré par les plus
augustes souvenirs de la religion. Alors, comme il
arriva au sacerdoce juif, les archevêques de Tours
allaient voir se dresser devant eux de grandes
difficultés. Non seulement les richesses de l'Eglise
avaient subi le sort du trésor sacré des Juifs, mais
encore on aurait à Tours, comme à Jérusalem, à
lutter contre les résistances de ceux qui ne voulaient plus de temple, et contre les souvenirs de la
beauté et des splendeurs de celui qui avait péri.

Racontons, suivant la Bible, ce qui se passa à Jérusalem.

Josué se leva, lui et ses fils, et ses frères, et les
fils de ses frères, et les fils de Juda, comme un seul
homme, pour commencer les constructions. Or, les
ennemis de Juda et de Benjamin s'adressèrent au
roi des Perses pour arrêter les travaux « C'était,
disaient-ils au prince ombrageux, une citadelle,
une forteresse, un rempart contre son autorité
qu'on allait construire. » Tel était le langage des
ennemis décidés de la gloire de Dieu.

Mais, à côté des ennemis du culte établi par
Moïse, se trouvaient de pieux enfants de Juda.
Dans leur amour de l'ancien temple, ils en récla-
maient toutes les magnificences : louables désirs,
témoignages sincères de religion, mais désirs qui
se heurtaient à l'impossible.

L'ouvrage de la maison du Seigneur fut interrompu. On n'y travailla point jusqu'à la seconde
année de Darius, roi de Perse. Zorobabel et Josué
commencèrent de nouveau à bâtir le temple à Jérusalem. Les prophètes de Dieu étaient avec eux

et les assistaient. Et la maison du Seigneur fut achevée la sixième année de Darius.

Mais plusieurs prêtres et lévites, des chefs de familles fidèles et des anciens, qui avaient vu le premier temple, ceux qui le voulaient tel qu'il avait été, jetaient de grands cris mêlés de larmes. Le peuple élevait la voix et poussait des cris d'allégresse. On ne put, dit l'Écriture, au milieu des cris de ceux qui se réjouissaient, discerner la voix de ceux qui pleuraient; tout était confus dans cette grande clameur du peuple, et le bruit retentissait au loin. Cependant les enfants d'Israël, les prêtres et les lévites firent la dédicace de la maison de Dieu avec de grandes réjouissances.

Avec des différences que nous nous empressons de constater, n'est-ce point, N. T. C. F., beaucoup ici l'histoire de la construction de la seconde basilique élevée à la gloire de saint Martin? Hélas! tels sont les hommes, même les meilleurs, dans tous les temps : leurs pensées se contredisent et se choquent, et il n'est peut-être aucune de nos cathédrales dont les projets et les plans n'aient été plus ou moins discutés, plus ou moins combattus. C'est le sort de toutes les grandes œuvres, au moins à leur début : et le Seigneur le permet ainsi sans doute pour ajouter au mérite en ajoutant à la peine.

Mais, qu'elle qu'ait été la divergence des opinions sur les conditions de l'édifice à bâtir à Tours, elles s'effacent et elles s'oublient, puisque le but principal est atteint, et qu'une splendide robe de pierre, sculptée et fleurie, est jetée sur le séculaire et vénéré tombeau de saint Martin, et ne saurait désormais en être arrachée.

Il ne s'agit plus de désirer un édifice plus beau et plus vaste; il est tel que les ressources et les temps permettaient de le construire. Sa gracieuse coupole, élevée à une hauteur égale à celle de nos vieilles tours, sera pour toujours, nous l'espérons, le solennel piédestal d'où saint Martin, figuré par sa statue, bénira la ville, le diocèse et la France, qu'il a évangélisés.

Au reste, votre Archevêque, autorisé à faire ce qu'il a fait par le Saint-Père, le Saint-Père à qui nous envoyons en cette fête l'hommage respectueux et ému de notre reconnaissance, en réclame toutes les responsabilités. En ne le faisant pas, il craindrait de diminuer en ceci son faible mérite, comme aussi de dissimuler sa joie d'avoir réalisé, autant qu'il lui a été possible, les vœux de tant de fidèles soupirant depuis trente ans après un monument digne de leur saint.

Désormais, comme il arriva à l'achèvement du second temple de Jérusalem, s'il est impossible de détruire des regrets que nous partageons nous-mêmes, que du moins il se perdent au milieu des cris de joie, et que « la dédicace de la maison de Dieu se fasse avec de grandes réjouissances ».

L'histoire raconte que les processions où l'on porte les reliques des saints à travers les villes, ou la translation de leurs reliques soit d'un sanctuaire dans un autre, soit d'une châsse trop simple dans une châsse précieuse, ont été plus d'une fois marquées par des grâces sensibles et même par des miracles dus à l'intervention de ces amis de Dieu. Les annales de votre Église racontent qu'il en fut ainsi lorsqu'on ramena d'Auxerre à Tours le corps de saint Martin : pourquoi l'inauguration d'un sanctuaire bâti en l'honneur de ce grand saint n'aurait-elle point les mêmes conséquences, si on invoquait le glorieux thaumaturge avec la vieille foi de nos pères ?

Venez donc, bien-aimés Frères, de toutes les parties du diocèse, prendre votre part aux fêtes extraordinaires qui vont être célébrées à l'occasion de l'inauguration d'un monument qui, en rappelant par sa forme les premières basiliques chrétiennes, nous rappellera la piété et la ferveur des premiers siècles de l'Église.

Des évêques plus nombreux que de coutume nous ont promis de venir prier avec nous dans la solennelle journée du 16 novembre prochain. Le vénérable cardinal Langénieux, archevêque de Reims, a daigné prendre l'engagement de présider la fête.

Et maintenant, N. T. C. F., oserons-nous vous dire que nous avons voulu, à ce même jour de bénédiction, rattacher les actions de grâces que nous avons à rendre à Dieu au cinquantième anniversaire de notre élévation au sacerdoce, et au vingt-cinquième anniversaire de notre consécration épiscopale ?

Jésus-Christ, notre Maître, a daigné garder bien longtemps à son service le prêtre et le pontife devenu votre archevêque. Les bontés de Notre-Seigneur nous confondent, et nous sentons tout le poids de nos responsabilités.

Vous viendrez prier avec nous et pour nous, remercier Dieu de tant de grâces qu'il a faites à votre premier pasteur, et implorer pour lui ses larges miséricordes.

On appelle ces anniversaires des noces, noces d'or, noces d'argent. Personne n'est bien pressé de célébrer celles-là, pour soi-même et ses amis. Mais du moins, quand le jour en est venu, les parents, les amis, les fils, se pressent autour du vieillard pour prier le Seigneur d'affermir et de diriger ses pas fatigués vers l'éternel repos, vers l'éternelle récompense.

A ces causes,

Le saint nom de Dieu invoqué, nous avons statué et statuons ce qui suit :

. . . .
. . . .
. . . .

Donné à Tours, en notre palais archiépiscopal,

sous notre seing, et le sceau de nos armes et le contreseing du secrétaire de notre archevêché, le 18 octobre 1890.

✝ GUILLAUME-RENÉ,

ARCHEVÊQUE DE TOURS.

Par mandement :

J. SELLIER, *chan.*, *vic. gén.*

CHRONIQUE DES FÊTES

I

LUNDI 10 NOVEMBRE

VEILLE DE LA FÊTE DE SAINT MARTIN

OUVERTURE DE LA PÉRIODE JUBILAIRE

Hommages du Chapitre métropolitain. — Compliment de M. l'abbé Sellier, doyen du Chapitre et vicaire général. — Réponse de Mgr l'Archevêque. — Annonce de l'ouverture du Jubilé par les cloches de toutes les églises et chapelles de la ville. — Télégramme du Nonce apostolique.

A quatre heures, MM. les membres du Chapitre métropolitain, revêtus de leurs insignes, se présentent devant Sa Grandeur.

Le vénéré Prélat est ému et souriant. Il prévoit que « les amis, les fils, vont se presser autour du vieillard », pour remercier Dieu et lui souhaiter encore des années heureuses.

Monsieur l'abbé Sellier, doyen du Chapitre et vicaire général, prend la parole.

« Monseigneur,

» S'il est une circonstance où des fils doivent se grouper autour de leur père avec un sentiment plus vif de respect et d'amour, c'est bien à ces dates solennelles qui rappellent un glorieux passé, les travaux et les mérites d'une vie déjà longue,

2

consacrée tout entière au service de l'Église et au sublime ministère des âmes.

» Il y a cinquante ans, Monseigneur, marqué de l'onction sacerdotale. le cœur enflammé de reconnaissance et d'amour, vous montiez à l'autel pour y offrir le divin sacrifice. Pour la première fois, mais avec une sainte confiance, vous disiez au Seigneur cette prière du prophète : *Judica me, Deus, et discerne causam meam de gente non sancta.* Dieu l'a écoutée cette parole que si souvent depuis vous avez répétée et, par des actes multiples de sa divine providence, elle vous a été appliquée d'une merveilleuse façon.

» Dieu d'abord vous a jugé favorablement et il vous a choisi pour faire de vous son ministre ; vos supérieurs, plus tard, discernant à leur tour les nobles et brillantes qualités de l'esprit et du cœur qui vous distinguaient entre tous, vous ont appelé successivement aux postes les plus éminents. Depuis vingt-cinq ans, enfin, revêtu de la dignité épiscopale, vous avez vu votre nom honoré et béni dans les diocèses confiés à votre sollicitude pastorale.

» Pour nous, Monseigneur, car il me suffira pour vous louer de parler de ce qui touche plus spécialement notre cher diocèse de Tours, nous ne saurions oublier les actes importants qui ont signalé votre apostolat parmi nous, et dans lesquels vous n'avez eu pour guide que la gloire de Dieu et le bien général, sans vous laisser décourager jamais par les difficultés ni par la grandeur des entreprises. Nous serons toujours fiers de compter au nombre de nos plus illustres Archevêques, le pieux *Restaurateur* de la Basilique de Saint-Martin et le vaillant écrivain, dont la plume infatigable et féconde a produit des œuvres qui laisseront après elles un rayon lumineux auquel la postérité sera heureuse de s'éclairer.

» Ces jours-ci encore, Monseigneur, semblable

au père qui veut, par ses dons et ses sages conseils,
perpétuer son souvenir au milieu de ses enfants,
vous avez publié et daigné nous offrir votre savant
travail sur Salomon. Là, on peut le dire, vous avez
donné comme la mesure de votre grand cœur et de
votre science consommée dans l'interprétation des
Livres sacrés. Sera-ce le dernier monument élevé
par vos mains à la gloire de Jésus-Christ et de son
Église? Non, car l'Autel qui a réjoui votre jeunesse
continuera longtemps encore de faire la joie de
votre vieillesse. Votre Chapitre, en offrant aujour-
d'hui à Votre Grandeur ses félicitations et ses
vœux les plus sincères, le demande au Seigneur
pour le bonheur de l'Église de Tours et pour le
triomphe de la vérité auquel vous aurez si largement contribué. »

Sa Grandeur remercie le Chapitre des vœux
et des félicitations que son Doyen vient de lui
adresser. « Je ne saurais vous dire, M. le Doyen
et Messieurs les membres du Chapitre métropolitain, combien je suis touché des sentiments que
vous m'exprimez aujourd'hui. Si l'expression des
louanges que vous voulez bien me décerner est
au-dessus des mérites de ma vie, je ne puis l'at-
tribuer qu'à la filiale affection que vous n'avez
jamais cessé de me témoigner. Je suis heureux,
dans la circonstance solennelle qui nous réunit,
de rendre hommage au dévouement dont vous
m'entourez, à l'appui constant que toujours vous
m'avez prêté. Je ne pouvais attendre autre chose
des prêtres vénérables qui composent mon Chapitre, et mon cœur de père vous en est profondément reconnaissant. »

Monseigneur faisant ensuite allusion, avec ce charme de simplicité qui le distingue, aux années de sa jeunesse sacerdotale, s'est étendu sur la bienveillance de ceux qui avaient été autrefois ses supérieurs et dont les survivants sont restés ses amis.

Puis, parlant des responsabilités d'une longue vie, Sa Grandeur ajoute : « Pour moi, il est un psaume qu'à l'occasion j'aime à relire, celui dont chaque verset se termine par un appel plein de confiance à la miséricorde divine : *Confitemini Domino quoniam bonus, quoniam in æternum misericordia ejus*. Oui, j'aime à penser qu'après ma longue carrière, lorsque je me présenterai devant le tribunal suprême, Dieu me recevra avec bonté. J'espère que son jugement me sera favorable, car vous prierez beaucoup pour moi, vous tous qui êtes mes amis. »

A 5 heures et demie, toutes les cloches des églises et chapelles de la ville annonçaient l'ouverture de la période jubilaire et la bénédiction de la nouvelle Basilique.

En même temps arrivait à Sa Grandeur un télégramme du Nonce apostolique, lui apportant des félicitations d'autant plus précieuses qu'elles émanaient du représentant officiel de Sa Sainteté Léon XIII.

II

MARDI 11 NOVEMBRE

FÊTE DE SAINT MARTIN

INAUGURATION DE LA NOUVELLE BASILIQUE

Entrée de Mgr l'Archevêque dans la nouvelle Basilique. — Allocution de M. l'abbé Sorin, chanoine honoraire, curé de la paroisse sur le territoire de laquelle est située la nouvelle Basilique. — Réponse de sa Grandeur. — Messe de l'inauguration. — Discours de M. l'abbé Williez, vicaire général. — Banquet des collaborateurs à l'édification de la Basilique. — Hommages du clergé diocésain. — Compliment de M. l'abbé Archambault, chanoine titulaire, curé-archiprêtre de la métropole. — Description de l'aiguière pontificale. — Réponse de Mgr l'Archevêque au compliment. — Hommages des professeurs et des élèves des séminaires.

Dès 9 heures, une foule immense se presse aux abords et dans toutes les parties du magnifique édifice élevé à la gloire du grand évêque de Tours, du Thaumaturge des Gaules.

Cette cérémonie a pris le caractère d'une véritable manifestation catholique, où tous, pasteurs et fidèles, s'unissent dans un commun-sentiment de piété et d'action de grâces.

Dans le chœur, au-dessus du grand autel, resplendit le superbe ciborium offert par M. le comte Moisant, mort, hélas ! sans avoir pu assister à l'accomplissement de l'œuvre à laquelle il avait voué sa fortune et sa vie.

Tout autour ont pris place Mgr Lecot, archevêque de Bordeaux, Mgr Gonindard, archevêque de Sébaste, coadjuteur de Rennes, Mgr Juteau, évêque de Poitiers, le R. P. Albéric, abbé de Fontgombault, Mgr Chevalier, clerc national auprès du Saint-Siège, MM. les grands vicaires et chanoines diocésains, M. l'abbé Archambault, curé de la Cathédrale, M. l'abbé Sorin, curé de Saint-Julien.

Dans le vaste espace qui s'étend au pied du chœur se tiennent un grand nombre de prêtres du diocèse, MM. les membres de la fabrique de Saint-Julien, plusieurs notabilités catholiques de la ville, M. l'architecte et MM. les entrepreneurs de la Basilique.

A dix heures précises, les orgues parfaitement installées dans la tribune provisoire, font retentir leurs accords.

C'est l'arrivée de Monseigneur qu'on salue : Sa Grandeur est en *cappa magna*. Elle monte le grand escalier entourée de ses grands vicaires. Nos Seigneurs les évêques présents vont au-devant d'Elle jusqu'au bas du chœur.

M. le curé de Saint-Julien prend alors la parole, et, s'adressant à Monseigneur, lui souhaite la bienvenue au nom de tous les catholiques de Touraine.

« MONSEIGNEUR,

» Depuis ces premiers jours où votre âme s'est
épanouie sous la direction d'une sainte mère, vraie
copie de celle que nos livres sacrés appellent *la
femme forte,* que de jours heureux j'aurais à
évoquer dans votre vie! Même au milieu des
phases que l'on peut appeler celles de l'épreuve et
du combat, vous avez eu l'appui et la consolation
que donne, selon nos mêmes livres saints, celui
qu'ils appellent l'ami fidèle.

» Que de jours heureux vous sont donc venus de
la société constante de cet autre vous-même, que
nous vénérons et dont on peut bien dire : *Anima
Jonathæ conglutinata est animæ David.*

» Dimanche prochain, entouré du magnifique
cortège de vos frères dans l'épiscopat, vous re-
mercierez le Ciel de ces cinquante années de sacerdoce, fécondes pour la sainte Église et la gloire
de Dieu. Eh bien, Monseigneur, malgré tout ce
passé. malgré l'aurore du dimanche 16 novembre,
date inoubliable pour l'Église de Tours, votre piété
pour saint Martin me dit d'affirmer hautement que
le 11 novembre 1890 ne pâlit devant aucune de ces
dates du passé et de l'avenir, et que nous sommes
en ce moment à l'un des plus beaux jours de votre
vie.

» Cette œuvre de Saint-Martin, comme vous
l'avez si bien dit dans le Mandement préparatoire
à cette fête, a été, comme toutes les œuvres de
cette terre, soumise à bien des conflits. Vous avez
rendu hommage à ces hommes de piété et de dévouement, promoteurs de cette œuvre de reconnaissance, de réparation et de protection pour la
cité : leur personne comme leur mémoire seront
toujours ici l'objet d'une pieuse vénération. Mais la
vérité me fait un devoir de dire que, lorsque la
Providence vous a confié ce diocèse, les liens et les
embarras qui, jusque-là, avaient empêché l'œuvre

de prendre son essor, s'étaient aggravés et menaçaient de l'étouffer sous l'étreinte d'un fatal nœud gordien.

» Vous n'avez pas voulu, Monseigneur, être témoin de ce désastre, et quel que dût être le travail, vous ne vous êtes point refusé au dénouement de ce nœud fatal. En face de cette merveille que vous avez fait surgir du sol sacré en quatre années d'efforts, nous vous bénissons, Monseigneur, d'avoir aussi dit : *Non recuso laborem.*

» Vous avez été aidé dans cette œuvre par mon illustre prédécesseur, dont chaque jour, en parcourant les registres de délibérations, j'admire le zèle et l'activité, dont j'envie le savoir-faire, dont je constate la prudence habile, souple et ferme, selon les circonstances, mais telle que, lorsque vous m'avez confié cette paroisse, l'œuvre était faite et avait reçu toute sa sève. Je n'avais qu'à assister à l'épanouissement de cette gigantesque et splendide construction. Si j'ai quelque mérite, c'est celui d'avoir aidé peut-être au développement de quelques fleurs, et à l'orientation de quelques autres.

» Il est vrai que, pour arriver à ce beau résultat, la paroisse Saint-Julien avait l'insigne faveur d'être administrée par un conseil de fabrique dont tous les membres marchent unis sous la direction d'un vénérable président, dont ils regardent les paroles et les conseils comme des oracles de prudence, d'honneur et de dignité.

» Il est vrai que l'œuvre de Saint-Martin avait confié sa bourse à un trésorier dont les qualités financières incontestées n'ont en rien étouffé dans l'âme le zèle du prêtre, le souffle de l'artiste et la délicatesse du cœur, de sorte que son amabilité savait faire accepter par tous les rigueurs de ses chiffres.

» Il est vrai que vous aviez confié la construction de notre Basilique à un architecte éminent, qui, dans cette même année 1890, se met hors rang par une double illustration, celle d'avoir doté la ville de Tours de ce splendide monument, et celle d'avoir, pour son coup d'essai, formé dans son atelier d'architecture le premier grand prix de Rome.

» Il est vrai que notre éminent architecte avait su s'entourer d'une pléiade d'artistes, sculpteurs, peintres, dont le talent est d'autant plus sûr qu'il est appuyé sur le savoir et protégé par la modestie.

» Il est vrai que, pour mener à bonne fin ce travail, en peu de temps et d'une façon aussi parfaite, le hasard des adjudications nous avait donné une phalange d'entrepreneurs dont les chantiers étaient organisés comme la ruche la mieux constituée.

» Mais cependant, Monseigneur, vous êtes l'âme de tout cela, et, me tournant vers mes frères du sacerdoce, je suis bien autorisé à leur dire : Prodiguons de plus en plus notre vénération et notre amour à ce père qui nous a procuré les grandes joies d'aujourd'hui,

» Oui, désormais, dans cette splendide église, nous pourrons honorer notre saint patron d'un culte digne de lui ; sur cet autel qui domine son tombeau, que couronne admirablement ce ciborium, hommage d'un grand chrétien, que décorent les pieuses mosaïques et qui est le don d'un chef de famille des plus respectés dans cette cité, nous pourrons offrir le divin holocauste ; nos paroissiens apporteront leur offrande pour que puissent être terminés les murs du saint temple, *ut œdificentur muri Jerusalem.*

» Nous ne sommes, en effet, qu'à la moitié de nos travaux. Ces colonnes engagées, ces arcs coupés nous le disent, et cette tribune, tout endimanchée qu'on l'ait faite, est là pour rendre des services, mais non pour établir un arrêt. Oui, elle tombera et les murs s'allongeront pour la gloire de Dieu et de saint Martin.

» J'en ai pour garant tous ces actes de piété gé-
néreuse, qui depuis trois mois ont tant réjoui mon
cœur de prêtre. Si je pouvais révéler tous ces
secrets ! Parcourez du regard toutes ces belles ver-
rières : elles sont le fruit de touchantes offrandes
pour les vivants et pour les défunts ; admirez ces
autels : ils sont dus à la générosité de chrétiens
qui aiment saint Martin ; il n'est pas jusqu'aux
moindres objet, qui ne soient une manifestation de
la piété. Tel a voulu être le gardien du divin pri-
sonnier en faisant les frais de la porte de l'un des
saints tabernacles, tel a voulu être sa sentinelle
toujours vigilante et prendre à son compte l'une
des lampes qui, tour à tour, veilleront devant la
sainte réserve eucharistique, tel a voulu offrir le
trône du Maître et celui du serviteur, en se char-
geant et de l'exposition du Saint-Sacrement et de
la châsse de saint Martin.

» Que conclure de tout cela ? c'est que la piété
pour saint Martin vit dans les cœurs ; c'est que
notre XIXᵉ siècle, avec ses lourdes charges, n'est
pas seulement un siècle d'industrie et de calculs
terrestres, c'est que, avant que ce siècle ne soit
clos, la Basilique de saint Martin sera bâtie complètement, et qu'on pourra dire d'elle ce que Paul
de Reugny disait de celle de saint Perpet :

Ornatum sanctis altaribus addere gaudens
Certatim populus studio properabat ovantum.

Monseigneur répond :

« MONSIEUR LE CURÉ,

» Vous avez admirablement décerné la louange
à tous ceux qui ont pris part à cette grande œuvre.
Laissez-moi cependant ajouter un nom à votre belle

liste. Au-dessus de tous nos efforts particuliers, il y a eu la main de saint Martin. C'est grâce à lui que tout s'est fait.

» Alors que les choses paraissaient contraires à l'exécution de ce pieux dessein conçu par mes vénérés prédécesseurs, je l'invoquais soir et matin dans ma prière, quelquefois même la nuit dans mes insomnies, et toujours il me semblait entendre sa voix me dire : *Perge*, *fili* — Marche, mon fils.

» Et en réalité tout s'est aplani ; des hommes d'un rare talent nous ont été envoyés : la Basilique a surgi de terre. Aujourd'hui, la portion principale est achevée et nous pouvons inaugurer ce splendide monument.

» Que Dieu est bon ! Quelle délicieuse satisfaction il réservait à ma vieillesse, au cinquantenaire de mon sacerdoce, à la vingt-cinquième année de mon épiscopat.

» Montons l'en remercier. Allons à ce sanctuaire magnifique ; offrons la divine victime sur cet autel nouveau, au-dessous de la chàsse de saint Martin. Il aima Jésus-Christ de tout son grand cœur ; nous lui demanderons qu'il nous obtienne de le connaître, de l'aimer comme lui, de le faire connaître, de le faire aimer comme il le fit. »

L'orgue se fait de nouveau entendre, pendant que Monseigneur gravissant les dernières marches du chœur vient revêtir les ornements pontificaux.

L'office commence. Les maîtrises de Saint-Julien et de Saint-Martin interprètent une magnifique messe, œuvre magistrale d'un compositeur tourangeau.

Après l'Évangile, M. l'abbé Williez, vicaire

général, se rend à l'ambon et prononce le discours suivant :

« *Didici quod omnia opera quæ fecit Deus perseverant in æternum.*

« J'ai appris que tous les ouvrages que Dieu a
faits demeurent à perpétuité.

« (ECCL. III, 16) »

« MONSEIGNEUR,

» Ainsi parlait au chapitre troisième de l'Ecclé-
siaste l'illustre roi Salomon, dont Votre Grandeur,
dans un livre qui sera l'un des plus remarqués de
notre époque, vient de publier la mystérieuse et si
instructive histoire.

» Le grand docteur de l'Église, saint Thomas-
d'Aquin, a fait de cette même doctrine l'objet de
son enseignement théologique, et il démontre que
rien, absolument rien ne retourne au néant : *Sim-
pliciter dicendum est nihil omnino in nihilum
redigi.* (1ª Q. 104. a. 4). C'est, dit-il, en commen-
tant un texte de saint Paul, la manifestation la plus
splendide de la divinité que de soutenir ainsi tout
par le commandement de sa puissance, *Portans
omnia verbo virtutis suæ* (Ad Hebr. 1, 3).

» Or, Messeigneurs, mes frères, entre les créa-
tions de Dieu, il en est une qu'il a produite avec
une singulière estime, pour la réalisation de laquelle il a employé non plus seulement le fruit de
son Verbe, mais le sang de son Verbe fécondé
par les larges effusions de son Esprit d'amour.
Cette création, ou plutôt ce chef-d'œuvre au milieu
de la création commune, c'est la vertu ou puissance surnaturelle des saints. Car il y a dans les
saints quelque chose de surajouté à la nature, qui
rayonne à travers leur physionomie, qui se révèle
à leur présence, à leur contact, comme cela est
raconté du Sauveur que la foule entourait, cher-
chait à toucher, parce que, dit l'Evangile, une
vertu sortait de lui et opérait des prodiges : *Quia
virtus de illo exibat et sanabat omnes.* (Luc. VI, 19).

» Après les apôtres, après saint Pierre, dont l'ombre seule guérissait les malades (1), saint Martin a peut-être offert les plus merveilleuses preuves de cette puissance habitant dans les saints. A cause de cela il traverse les âges avec un nom qui lui constitue une auréole aux yeux de tous les peuples : c'est le thaumaturge des Gaules.

» Mais je reviens à notre doctrine. Si Dieu ne laisse rien retourner au néant, par dessus tout il doit vouloir soutenir, par « le commandement de sa puissance », ce qui vaut mieux, disent les théologiens, que tout l'ordre matériel, à savoir l'ordre surnaturel, et, dans l'ordre surnaturel, ce qui en est la manifestation bienfaisante, c'est-à-dire la vertu, la puissance de ses saints.

» Oui, quand ils sont morts, leur vertu ne s'enlève point tout entière au Paradis; il en demeure au milieu de nous la portion que réclame la continuation de leur rôle dans la société chrétienne ; ou plutôt la vertu des saints réside à la fois au Ciel où Dieu la glorifie, et sur la terre où les hommes l'honorent et en bénéficient.

» Et cette vertu, cette puissance terrestre et posthume des saints, a-t-elle un siège principal d'action ? Oui encore, l'histoire en rend témoignage : elle agit ordinairement du sein de leurs tombeaux. Sans parler du tombeau du Christ à Jérusalem, on a toujours vu, dans le cours des siècles, les multitudes aller prier aux tombeaux de saint Pierre et de saint Paul à Rome, au tombeau de saint Jacques de Compostelle en Espagne, et enfin, pour ne parler que des quatre plus grands pèlerinages, au tombeau de saint Martin le thaumaturge, à Tours : « O Ville, disait Alcuin, ton enceinte est trop resserrée ; c'est pour implorer le suffrage de ton grand saint que le long cortège des chrétiens défile dans tes murs ! »

(1) Act. V. 15.

« Mais précisons davantage. Que venait-on demander de particulier à saint Martin? Car si la vertu terrestre des saints habite ordinairement leurs sépulcres, il faut ajouter que cette vertu, cette influence est variée, comme toutes les œuvres de Dieu. C'est le cas d'appliquer la parole de l'Apôtre : *Alius quidem sic, alius vero sic* (1) : l'un agit d'une manière et l'autre d'une autre.

» Qu'en est-il en cela pour saint Martin? Quelle influence émane spécialement de son tombeau et se mêle au mouvement social? Ce doit être quelque chose de bien français, pour que la nation française ait été dès l'origine et constamment si avide d'en profiter.

» Peuple de la Touraine, écoute et tressaille d'une légitime fierté! Il y a dans ce tombeau, comme dans un centre agissant et communicatif, le soldat chrétien, l'apôtre et l'évêque; c'est-à-dire les trois forces qui, mieux que tout le reste, ont constitué la France, qui l'ont anoblie aux yeux de l'univers, et qui la sauveront encore un jour si Dieu veut bien lui accorder d'être sauvée.

» Ces trois forces sont ici. Pendant quatorze siècles, la France est venue les y prendre, les y raviver. En sorte que, sans exagération, et même en mettant les expressions dans le cadre le plus rigoureux de la vérité, on peut et l'on doit dire que le tombeau de saint Martin a été le foyer, la vie de notre vieille gloire française, de cette gloire française essentiellement chrétienne, qui n'était pas autre chose, selon un magnifique adage, que le fonctionnement du bras de Dieu dans le monde : *Gesta Dei per Francos.*

» Ah! je comprends maintenant pourquoi le premier concile d'Orléans appelait le tombeau de saint Martin : *Gallicana peregrinatio,* le pèlerinage français; je m'explique ces autres paroles d'un auteur

(1) *Corinth.,* VII, 7.

moderne : « Dieu aimait les Francs ; il avait décidé leur grandeur. Et pour cela il leur donna Martin. Martin, soldat, moine, évêque, est le type séculaire de la nation française ; elle reste vraiment en germe dans son grand ancêtre : il l'a comme engendrée, et c'est de lui qu'elle prend son esprit et ses brillantes qualités ». Il ajoute : « le jour où la France ne serait plus la nation martinienne, c'est-à-dire la nation calquée sur le modèle de Martin, elle serait bien près d'avoir achevé son rôle, les nations ne vivant que pour l'accomplissement d'une idée de Dieu. »

» Aussi, cela ayant été remarqué par la puissance diabolique, voyez comment au-dessus du tombeau de saint Martin éclate ce que l'Église chante du tombeau même de Jésus-Christ : *Mors et vita duello conflixere mirando* (1). C'est un combat à perpétuité et merveilleux qui s'y livre entre la destruction et la résurrection, entre la mort et la vie.

» Jamais peut-être rien de terrestre n'a subi de plus grands coups et n'a reparu avec de semblables triomphes.

» Après l'oratoire modeste érigé par saint Brice, la première basilique, élevée par saint Perpet sur le tombeau du thaumaturge, n'avait pas un siècle d'existence, qu'on y met le feu en 558. — L'année suivante, saint Euphrône lui rend sa beauté et la recouvre d'une brillante toiture d'étain afin de la préserver d'incendie. — Mais cela n'empêchera pas les péripéties qui entrent dans la destinée du monument de poursuivre leur cours. A peine cinquante ans plus tard, ce sont de nouveaux et grands désastres. Saint Grégoire, successeur de saint Euphrône, restaure les murailles encore détériorées par le feu, répare les fondations, élargit les fenêtres et décore l'édifice de peintures murales.

(1) Prose du jour de Pâques.

» Un siècle et demi se passe. Alors arrivent les Normands. Le 8 novembre 853, l'église est brûlée avec le monastère et ses dépendances ; le 30 juin 903, la dévastation reprend ; et enfin, après des essais successifs pour réparer les ruines, en 997 le feu éclate de nouveau, et pour le coup, disent les chroniques, tout ce qui pouvait rester de la basilique élevée par saint Perpet est dévoré. C'est à ce dernier et complet désastre que doit se rapporter le traité attribué à Odon de Cluny : *De combustione basilicæ sancti Martini* : de la combustion de la basilique de saint Martin.

» Il n'y a plus que des ruines, au milieu desquelles l'esprit infernal répète à son ennemi saint Martin : « Quelque part que tu ailles et quoi que tu entreprennes, sois assuré que le diable sera toujours contre toi (1) ».

» *Mors et vita duello conflixere mirando.* C'est le duel continué ; la vie et la mort qui combattent : la mort triomphant un peu, mais la vie devant reprendre la victoire, parce que rien ne saurait réduire à néant cette créature en laquelle le Seigneur a mis sa complaisance, à savoir la vertu de Martin, résidant dans son tombeau, et, partant, émanant de ce tombeau pour raviver les trois forces essentielles de la France : son épée, ses apôtres et ses évêques.

» Au bout de deux ans, la deuxième des basiliques martiniennes, la basilique du XIᵉ siècle est en voie de construction et, après huit années de travaux, la dédicace en est faite solennellement par l'archevêque de Tours.

» Mais 88 ans plus tard, en 1096, la voilà en feu ; 26 ans après en 1122, nouvel incendie ; de même en 1175 et en 1202. De sorte qu'à la suite de constantes reconstructions, d'agrandissements et de remaniements de tout genre, il finit par s'élever sur le

---

(1) Sulpice Sévère, *Vita B. Martini.*

tombeau du saint thaumaturge une basilique véritablement nouvelle, que l'on a appelée la basilique du XIIIᵉ siècle.

» La période de durée de cette basilique fut plus longue et moins sujette aux désastres. Il est vrai que c'était aussi le temps où l'esprit de Dieu imprégnait davantage la société française et où l'esprit du mal en était réduit à dissimuler ses colères. Mais voici le réveil et les terribles représailles. En 1562, agissant par les bras des huguenots, Satan rentre dans Saint-Martin, brise les croix, arrache les lampes, démolit les autels, brûle le corps vénéré, et ne laisse guère subsister que les murs. Sa rage n'est pas satisfaite : il revient en 1797 avec la Révolution ; les voûtes s'écroulent avec fracas, on fait sauter les travées de l'église ; en 1802, les murs sont complètement rasés et une rue passe sur l'emplacement « de la ci-devant église Martin de Tours ». C'est le texte brutal des archives de l'époque.

» Connaissez-vous, dans l'histoire, un lieu sur lequel se soient de la sorte rencontrées et prises corps à corps les deux puissances, diabolique et divine ? Et ne l'oublions point ; affirmons-le pour la troisième fois, afin de rappeler la nature de cette lutte et la raison de sa violence : c'est une lutte dans laquelle est comprise la destinée de la patrie, et corrélativement la cause de l'empire de Jésus-Christ. Car, disait l'illustre Lacordaire : « Quiconque aime Jésus-Christ en ce monde tient la main sur notre cœur. »

» Que va-t-il donc arriver maintenant que tout encore est détruit ? Le cœur de la France cessera-t-il définitivement d'être à l'école et sous les influences de son grand ancêtre ? Dieu a-t-il renoncé à son dessein ?

» *Didici quod omnia opera quæ fecit Deus perseverant in æternum.* J'ai appris que tous les ouvrages que Dieu a faits demeurent à perpétuité (*Eccl.* III. 16).

» Pendant cinquante-huit ans, il est vrai, on ne vit plus rien que deux tours gigantesques. Elles gardaient silencieusement en elles-mêmes la mémoire du passé et attendaient avec calme les splendeurs inévitables de l'avenir.

» Et de fait, après cinquante-huit années de repos, le sol a tressailli comme il tressaille au moment où Dieu fait germer un principe de vie caché dans ses entrailles et prépare une floraison nouvelle. — La vertu de saint Martin s'est réveillée du fond de son tombeau ; elle appelle de pieux serviteurs qui, dans la nuit inoubliable du 14 décembre 1860, après s'être frayé difficilement un passage à travers des constructions profanes, arrivent jusqu'à elle, « se prosternent haletants, transportés de joie et entonnent le *Magnificat* ».

» La commotion se répercute au dehors; la vie de saint Martin sortant du silence, de l'oubli, du sommeil de plus d'un demi-siècle, s'épanouit d'abord en une chapelle provisoire où les pèlerins accourent. Ils viennent en longues files, nous nous en souvenons encore, de toutes les paroisses de la Touraine, clergés en tête et chantant des cantiques nouveaux. Ils arrivent des diocèses voisins; Paris envoie ses délégations annuelles. L'opinion publique s'émeut : *Martinus redivivus,* c'est saint Martin qui revit, saint Martin le thaumaturge, le père de la nation française, saint Martin sur le tombeau duquel on prit si longtemps la **chape** qui conduisait nos armées à la victoire, saint Martin la gloire du sol tourangeau, la grande physionomie autour de laquelle quatorze siècles ont rayonné, saint Martin qui faisait de notre ville le rendez-vous de la catholicité, saint Martin dont les miracles formaient un volumineux manuscrit placé auprès de son tombeau, afin que les pèlerins, en le lisant, fussent bien convaincus d'avance de ce qu'ils étaient en droit d'obtenir.

» Quel événement ! Les souscriptions affluent, la

piété s'échauffe, le désir de remplacer le bois et les briques par la pierre et le marbre grandit dans l'âme des Tourangeaux. Il faut refaire ce qu'avaient fait les siècles. Entre Martin et l'esprit du mal, entre la vie et la mort, il y a eu une nouvelle bataille gagnée par Martin. L'époque est venue d'attester cette victoire, de la faire chanter à la face du monde, comme elle le fut jadis, par la grande voix d'une basilique.

» Un quart de siècle s'écoule pourtant encore. C'était beaucoup, mes frères, c'était trop. La génération présente, celle qui avait retrouvé le saint tombeau et goûté les premières espérances, disparaîtrait-elle en n'emportant qu'un beau rêve ! Il y a quatre ans, Monseigneur, l'un des plus éloquents panégyristes qui aient paru dans votre cathédrale, à l'occasion des solennités de la Saint-Martin, Mgr Besson, alors évêque de Nîmes, ne put retenir du haut de la chaire ce cri de l'impatience universelle : « Il est temps, Monseigneur, de commencer à Tours la basilique de Saint-Martin..... Il ne saurait plus rester à personne le moindre doute sur l'opportunité de l'entreprise. Saint Martin demande son église ; c'est vous, Monseigneur, qui la lui donnerez. Après tant de beaux ouvrages consacrés à la défense des saintes Écritures, voici un ouvrage plus grand encore qui assurera à votre nom, encore mieux que tous les autres, les honneurs de l'immortalité. Vous n'hésitez plus, et toute la catholicité vous en remercie ; vous n'attendez plus, et je vous en félicite au nom de tous vos frères dans l'épiscopat. Il y a trente ans bientôt que les offrandes se sont accumulées dans les mains des archevêques de Tours, et les généreux donateurs se demandaient s'ils devaient tous mourir avant d'avoir vu sortir de terre cette basilique promise à l'apôtre des Gaules. Plus les ténèbres descendent autour de nous, plus nous avons besoin de protester contre les espérances des méchants en bâtissant avec ardeur. A l'ouvrage ! à l'ouvrage ! » (Panégyrique de saint Martin, p. 29.)

» Ainsi parlait le grand orateur. Et voilà maintenant que son vœu est accompli. Vous avez bâti, Monseigneur, au prix de quelles angoisses, n'en disons rien : « Dieu voulait sans doute ajouter au mérite en ajoutant à la peine (1). Vous avez eu la gloire et la joie d'édifier le temple de saint Martin. Nous sommes dans ce temple nouveau, nous inaugurons ce temple, qui garde encore des pierres d'attente, mais où la main des maîtres en tout genre a déjà passé pour créer une ravissante œuvre. « La splendide robe de pierre, sculptée et fleurie, est jetée sur le séculaire et vénéré tombeau (2). »

» La jeune coupole salue les vénérables témoins du vieux Tours chrétien... ; on dirait (ce sont toujours vos expressions que j'emploie, Monseigneur) on dirait la vieille collégiale relevant son front rajeuni au milieu de l'antique Martinopolé (3). »

» Du sommet doré, brillant comme une auréole, le grand évêque de Tours étend son bras sur la cité tourangelle et sur la France sa pupille bien-aimée. Il bénit... et il appelle.

» Il appelle non seulement la foule des affligés, des souffrants, des éprouvés de toute sorte à qui Martin le thaumaturge était si secourable. Mais puisque le Christ, qui aime les Francs, lui a confié un rôle social ; puisque le cœur de la France est né au pied de son tombeau ; puisque, pendant quatorze siècles, il y a puisé sa vitalité chrétienne et ses grandes vertus, il faut, Dieu ne laissant rien retourner au néant, comme nous l'avons prouvé, mais assurant à tous ses ouvrages le caractère de la perpétuité « *Didici quod omnia opero quæ fecit Deus perseverant in æternum* », il faut que ce qui

(1) Lettre pastorale, 1890, p. 6.
(2) Id.
(3) Lettre pastorale, 1889, p. 4.

a représenté essentiellement et représente encore le vrai cœur de la France, arrive dans cette basilique, à ce tombeau.

» Monseigneur, le mouvement commence. Le sacerdoce y est aujourd'hui, groupé autour de vous avec une superbe cohésion hiérarchique. Dans quelques jours, cette semaine même, l'épiscopat s'y trouvera rendu, plus nombreux qu'il n'y fût jamais peut-être, et vous savez pourquoi. Ils descendront ces vaillants évêques mettre leurs genoux sur la place où s'agenouillèrent tant d'illustres pontifes ; ils prieront afin que le Seigneur fasse encore sortir sa grâce du tombeau de Martin.

» Et quand, leur prière achevée, se relevant le visage illuminé comme l'était celui de Moïse au sortir de sa conversation divine, ils vous regarderont, Monseigneur ; en considérant votre personne et vos œuvres, ils diront avec vos prêtres, avec les habitants de votre ville archiépiscopale, avec les populations de votre diocèse : Louange à Dieu de qui procède tout don parfait ; mais honneur au Prêtre qui a rendu ainsi fécondes pour l'Église les cinquante années de son sacerdoce ; honneur à l'Évêque qui porte attachés à sa crosse vingt-cinq fleurons glorieux ; honneur au Docteur qui, depuis les jours où il enseignait si brillamment à la Sorbonne, élève les vastes assises de l'un des plus beaux monuments de la science sacrée ; honneur enfin à celui qui a su en même temps bâtir une basilique à saint Martin et reprendre nos traditions glorieuses,

» *Jubilœus est !* Oui, c'est Jubilé, c'est-à-dire grande fête, grande période de joie, pour célébrer votre vie sacerdotale et épiscopale, Monseigneur; pour la célébrer avec l'Eglise, qui hier envoyait ses félicitations à Votre Grandeur, par un télégramme du Nonce apostolique ; hier soir à 5 h. 40, juste au moment où toutes les cloches répandaient l'allégresse jubilaire dans la ville de saint Martin. *Jubilœus est !*

C'est Jubilé, pour vous fêter, illustre et bon Pontife, et pour répéter à saint Martin renaissant, « *Martino redivivo* », l'affectueux verset de notre office d'aujourd'hui :

« *O beatum virum*, ô bienheureux Père, *cujus anima Paradisum possidet*, dont l'âme possède le Paradis ; *unde exultant Angeli, lœtantur Archangeli, chorus Sanctorum proclamat, turba Virginum invitat ;* Père, qui causez de l'allégresse aux Anges, de la joie aux Archanges, qui êtes acclamé par le chœur des Saints, invité par la foule des Vierges, *mane nobiscum in œternum*, cette fois demeurez avec nous éternellement.

» Ainsi soit-il. »

La messe se termine par la bénédiction pontificale solennelle, suivie du *Te Deum* chanté par toute l'assistance, heureuse de voir enfin édifié le temple si longtemps attendu, bâti au milieu de tant de difficultés et apparaissant aujourd'hui dans une splendeur incontestée.

*
* *

Vers midi, Mgr l'Archevêque réunissait une soixantaine de convives, parmi lesquels se trouvaient, avec NN. SS. de Sébaste, de Bordeaux, de Poitiers et le R. P. abbé de Fontgombault, MM. les curés de la ville de Tours et les archiprêtres du diocèse, puis les architectes, sculpteurs, artistes, peintres, etc., etc., qui avaient collaboré à l'édification de la Basilique.

Au dessert, notre vénérable Archevêque, dans une causerie pleine d'esprit et de tact, remerciait

avec effusion tous ceux qui avaient contribué par
leur talent et leur dévouement au succès de
l'œuvre.

Les paroles de Sa Grandeur étaient soulignées
à chaque instant par les applaudissements des
convives. En effet, personne n'était oublié dans
les éloges que le prélat décernait à si juste titre,
et il semblait que l'on fût revenu à ces touchantes
et fraternelles agapes du moyen âge qui devaient
suivre la construction de nos belles églises.

* * *

A deux heures et demie, les salons de l'archevêché sont ouverts aux prêtres du diocèse, qui
arrivent offrir leurs hommages et leurs vœux à Sa
Grandeur.

Le souvenir jubilaire du clergé les a précédés
et en entrant ils l'aperçoivent resplendissant dans
sa magnifique vitrine.

Tout le diocèse est là. C'est une manifestation
grandiose. Mgr l'Archevêque en est vivement ému
et un éclair de joie illumine sa physionomie.

M. l'abbé Archambault, chanoine titulaire,
curé-archiprêtre de la cathédrale lui présente les
membres du clergé diocésain. Il s'exprime en ces
termes :

« MONSEIGNEUR,

» Vous voyez en ce moment réunie autour de
vous votre famille ecclésiastique, heureuse d'offrir

à Votre Grandeur ses respectueux hommages et ses félicitations. N'est-ce pas, en effet, une circonstance bien rare, presque inouïe. de voir un prélat, un prince de l'Église célébrer en un même jour les noces d'or de son Sacerdoce et les noces d'argent de son Épiscopat? C'est ce qui vous arrive aujourd'hui, Monseigneur, et c'est pourquoi vous nous voyez si nombreux, nous pressant autour de votre personne pour vous exprimer nos sentiments de profonde et filiale affection.

» Les six années que vous avez passées au milieu de nous, Monseigneur, nous ont permis d'apprécier les qualités éminentes qui vous distinguent, et notre attachement pour notre illustre évêque n'a fait que grandir et s'accroître chaque jour.

» Pendant ces six années, vous avez parcouru votre diocèse tout entier, et, je ne crains pas de le dire hautement, votre simplicité, votre bienveillance, votre condescendance pour les plus petits et les plus humbles, vous ont gagné tous les cœurs.

» A vos prêtres vous avez donné l'exemple de la charité, du désintéressement, du zèle, de la piété, du dévouement à l'Église et à son chef vénéré. Toutes les œuvres, si nombreuses dans votre ville métropolitaine, vous les avez soutenues et développées. Grâce à vos encouragements, à vos prières, à vos bénédictions, malgré les difficultés des temps, elles ont pris, sous votre direction, un nouvel essor et jusqu'ici ont pu suffire à des besoins. de plus en plus nombreux et pressants. Pour vous remercier, Monseigneur, de tout ce bien que vous avez accompli, les prêtres de votre diocèse n'ont qu'à tourner leurs regards vers vous, leur guide et leur modèle, en essayant de suivre vos exemples et de marcher sur vos traces.

» Pourrions-nous oublier d'autres œuvres, fruits magnifiques de votre initiative et de votre dévouement? C'est bien à vous, Monseigneur, que nous devons les réparations intelligentes faites à votre cathédrale ; les charpentes gigantesques que nous apercevons d'ici ne sont-elles pas l'indice de réparations plus sérieuses et plus importantes encore ?

» Ce n'est pas tout. Dans cette année jubilaire, dans ce moment même, vous venez de donner à l'Église une œuvre magistrale dans votre ouvrage sur Salomon, dû, après tant d'autres, à votre plume docte et élégante.

» Mais, Monseigneur, ce qui sera la gloire de la Touraine et de votre Episcopat, c'est la construction de l'église de Saint-Martin, de cette basilique où, tout à l'heure, vous avez offert pour la première fois le saint sacrifice, et où nous avons prié avec vous dans les sentiments de la plus pénétrante émotion. Il est donc vrai que ce dôme élancé qui domine la cité, abrite le tombeau où la sainte dépouille de notre grand thaumaturge a reposé pendant tant de siècles ! Il est donc vrai que l'œuvre de destruction sacrilège, accomplie il y a presque un siècle, est enfin réparée ; qu'à l'exemple de nos pères nous pourrons aller nous agenouiller sur cette terre sanctifiée par ses précieuses reliques et où tant de générations s'étaient prosternées avant nous ! Merci, mille fois merci, Monseigneur, pour ce grand acte de réparation qui aujourd'hui, dans votre année jubilaire, a reçu son complet achèvement. Oui, vous êtes le vrai successeur de saint Perpet et du bienheureux Hervé, et cette nouvelle église de Saint-Martin portera, à partir d'aujourd'hui et dans les siècles à venir, votre nom vénéré. On l'appellera désormais : la basilique de Mgr Meignan.

» Soyez donc béni, Monseigneur, pour la joie profonde dont vous avez inondé l'âme de tous vos prêtres, celle de tous les fidèles de votre ville épiscopale et de votre diocèse, comme celle des chrétiens et de l'Église entière.

» Et, puisque je parle de l'Église entière, comment oublier, Monseigneur, que dans quelques jours une partie notable de l'Épiscopat français sera ici dans un double but : fêter saint Martin et la résurrection de son antique basilique, et fêter aussi les deux jubilés du ferme et vaillant prélat qui, malgré le poids des ans, produit des fruits littéraires aussi savoureux. Cette démonstration importante de vos collègues est un grand honneur pour vous, Monseigneur, et votre clergé prend sa part de la gloire de son Père.

» Ces grands jours, Monseigneur, se doublent d'une espérance bien douce au cœur de vos enfants, l'espérance de vous voir longtemps encore nous enseigner, nous diriger, nous conseiller, nous fortifier. Permettez-moi donc de vous adresser en terminant, en mon nom et au nom du clergé tout entier, ce vieux souhait de nos ancêtres : *Ad multos annos.*

« MONSEIGNEUR,

« Votre clergé est heureux de vous offrir, en ce jour de fête, une œuvre d'art due au talent magistral de M. Avisseau, comme témoignage de son respect et de son affection. Cet objet a été modelé expressément pour Votre Grandeur, dont il se propose de rappeler les principaux titres ; tout y a été voulu, tout y est symbolique. »

Permettez-moi, Monseigneur, de vous en lire la description si intéressante écrite par Mgr Chevalier.

La double fête jubilaire de Monseigneur l'Archevêque de Tours, à l'occasion du cinquantième anniversaire de son sacerdoce et du vingt-cinquième de son épiscopat, ne pouvait laisser indifférents les ecclésiastiques de Touraine ; à tous il parut nécessaire d'offrir un objet d'art au vénéré Prélat comme

témoignage du respect et de l'affection de ses
prêtres, en même temps que de leur admiration
pour ces beaux livres qui font la gloire de l'évêque
non moins que l'honneur du diocèse. La commis-
sion diocésaine chargée de préparer et d'organiser les fêtes, au lieu de chercher un présent banal,
sans signification précise, porta ses vues sur une
œuvre qui pût avoir un caractère absolument per-
sonnel et original, et reproduisit par des inscriptions et des symboles, les principaux titres de notre
savant Archevêque à l'attention de la postérité. Si
la main d'un artiste tourangeau était appelée à
exécuter ce pieux souvenir, elle y ajouterait une
note intime qui en augmenterait le prix, et par là
on était assuré à l'avance de répondre aux goûts
artistiques bien connus de Monseigneur Meignan.

L'artiste était dès lors tout indiqué. M. Edouard
Avisseau, émule et continuateur, après son père,
de Bernard Palissy, était seul capable de modeler
et d'émailler, dans le style de la Renaissance, une
fine pièce de céramique digne elle-même de tra-
verser les siècles, et de porter au lointain des âges
le nom et les mérites de l'illustre prélat avec
l'hommage jubilaire de son clergé. On chargea donc
M. Avisseau d'exécuter sur ce programme une
aiguière pontificale et son bassin, dans un esprit
essentiellement décoratif et pittoresque.

Cette œuvre demande une rapide description,
qui en explique les intentions et en développe le
poème.

Le bassin circulaire, du diamètre de cinquante
centimètres, porte en sa partie profonde quatre
cartouches ornés de palmes, sur lesquels sont in-
scrits en lettres d'or les titres de ces beaux et doctes
ouvrages de critique et d'exégèse biblique, LES
ÉVANGILES, LES PROPHÉTIES, DAVID, SALOMON,
qui ont valu à leur auteur une juste célébrité dans
l'Eglise savante, et à sa plume la qualification de
plume d'or décernée par la plus compétente et la

plus sévère des revues italiennes, la *Civiltà*. Les branches de palmier marquent le triomphe sur les difficultés des textes, et les suffrages des juges les plus éclairés; les rameaux d'olivier indiquent que ces travaux, loin de demeurer stériles, produisent des fruits d'onction et de salut. Quatre têtes d'angelots, disposées entre les cartouches, symbolisent les sentiments élevés qui ont inspiré le pieux écrivain, et une phrase de saint Paul, gravée autour de l'ombilic du bassin, proclame le but surnaturel qu'il s'est proposé : éclairer les âmes par la science de la gloire de Dieu, AD ILLVMINATIONEM SCIENTIÆ CLARITATIS DEI.

Tout autour de la large bordure du bassin, court une magnifique guirlande de fleurs et de fruits, modelés et ciselés avec une finesse qui sent l'orfèvrerie. Ces festons sont là, non seulement pour rappeler que la Touraine est le jardin de la France, mais aussi pour exprimer l'éclat du style, la suavité des pensées et la douceur des fruits de ces œuvres exquises. Les guirlandes sont soutenues par des banderoles aux nœuds flottants, qui, selon une tradition de la Renaissance, s'échappent de mufles de lions. Encore une fois on peut dire que la douceur est sortie de la bouche du fort, *de forti egressa est dulcedo*.

Le bassin se complète, d'un côté par les armoiries de Monseigneur l'Archevêque avec leurs émaux héraldiques et la devise pacifique du prélat, PAX IN CHARITATE; et de l'autre par une inscription dédicatoire en latin, portant que cet hommage a été offert par le clergé du diocèse de Tours, à son Père spirituel, restaurateur de nos basiliques et rénovateur des études, pour célébrer la fête de son double jubilé : 1840, — 1865, — 1890.

L'aiguière, haute de quarante-sept centimètres, avec ses formes élégantes et harmonieuses d'un galbe presque antique, est digne du bassin qu'elle surmonte et en achève la signification. Sur la panse, se voient trois médaillons sculptés : au centre, le buste en profil de Monseigneur Meignan ; — à gauche, la cathédrale de Tours, à laquelle le prélat a fait effectuer de grands travaux depuis son arrivée parmi nous, et pour laquelle se préparent des restaurations plus importantes encore, comme l'annonce le gigantesque échafaudage dont on vient d'envelopper la partie supérieure de la tour méridionale ; — à droite enfin, sous le regard attentif de l'Archevêque, la superbe basilique de Saint-Martin, encore inachevée, sortie du sol depuis quatre ans, avec sa majestueuse coupole et sa statue de bronze, dans la splendeur de sa robe blanche immaculée.

Entre les médaillons, des tours localisent la scène ; sur un autre point, un calice est surmonté de la crosse et de la croix archiépiscopale, symboles parlants des pieux événements dont nous célébrons l'anniversaire jubilaire.

Le reste du vase est consacré à l'illustration d'un cinquième ouvrage de Monseigneur Meignan : LE MONDE ET L'HOMME PRIMITIF SELON LA BIBLE. Des végétations antédiluviennes, des fougères, des coquilles fossiles de nos *falunières,* des monstres préhistoriques nous reportent aux temps obscurs qui ont précédé l'apparition de l'homme sur la terre, temps sur lesquels l'éminent commentateur de la Genèse a projeté une lumière abondante par la concordance de la science et de la Bible. Trois ptérodactyles, aux formes étranges, aux reflets métalliques, admirables sujets de décoration dans le génie des Avisseau, figurent les pieds de l'aiguière.

Tous ces objets nous disent que si l'Archevêque de Tours s'est surtout attaché aux recherches bibliques, il n'a négligé pour cela ni les lettres humaines, ni les sciences profanes, dont il a fait de précieux auxiliaires pour la vérité religieuse. Comme l'aigle qui excite ses petits à voler, *sicut aquila provocans ad volandum pullos suos*, il a dirigé plusieurs de ses jeunes prêtres vers les hautes études, et leurs succès nous annoncent le développement et la rénovation de l'enseignement clérical : service immense rendu au diocèse, et le mieux approprié aux besoins des temps nouveaux.

La bouche du vase est formée par une tête d'aigle, au regard fier, à l'aspect majestueux ; le bec, largement ouvert, semble pousser un grand cri. Sur le collier de l'oiseau royal se lit un souhait emprunté aux psaumes : RENOVETVR VT AQVILÆ IVVENTUS TVA. Ce vœu de la jeunesse éternelle de l'aigle semble accompli déjà par la verdeur et la fécondité de cette belle vieillesse qui, à peine sortie des difficultés des livres de Salomon, médite d'aborder les sublimités d'Isaïe.

L'anse de l'aiguière se compose de deux serpents qui, après s'être attachés au col de l'aigle, s'entrelacent en courbes élégantes, et viennent s'appuyer sur l'anneau supérieur de la panse. Dans ce repoussoir, les amateurs reconnaîtront facilement une des inspirations les plus originales des héritiers de Bernard Palissy. Notre céramiste a traité ce sujet dans la tradition artistique des Avisseau, avec une fantaisie toute poétique, et en a fait un magnifique motif de décoration.

Telle est l'explication des divers sujets qui ornent l'aiguière dédiée à Mgr Meignan, et y inscrivent en caractères ineffaçables la glorification des principales œuvres de l'illustre Archevêque.

Que dire maintenant des émaux qui embellissent ce vase d'argile, élevé à la dignité d'un objet d'art par la main habile du potier ? La variété des nuances, l'éclat des couleurs, la richesse de la palette, l'harmonie de l'ensemble s'enlevant en vigueur sur la tonalité violette des fonds, donnent à cette pièce une valeur exceptionnelle, et en font une œuvre d'art égale, sinon supérieure à tout ce que M. Avisseau a créé jusqu'ici de plus merveilleux. Il faut renoncer à décrire ces émaux, il faut les voir et les admirer.

Il est juste d'ajouter que M. Birotte, ébéniste à Tours, a construit, pour abriter le chef-d'œuvre d'Avisseau, un charmant petit meuble en forme de vitrine, digne du précieux trésor qu'il doit protéger. Ce meuble, avec ses colonnettes d'angle détachées, révèle un goût élégant et délicat; les armoiries et le chiffre de Mgr Meignan lui enlèvent toute apparence de banalité et en indiquent la destination précise. M. Birotte, qui est bien connu pour ses beaux travaux d'ébénisterie artistique et pour ses habiles restaurations de meubles anciens, a confirmé ici une réputation justement méritée.

Au compliment de M. l'abbé Archambault, suivi de cette intelligente et si gracieuse description de l'aiguière pontificale, Monseigneur l'Archevêque répond :

« Messieurs,

» Arrivé à cette époque de ma longue carrière, je remarque, en songeant au passé, qu'il y a eu parfois de bien belles journées pour moi. La Providence ne m'a pas refusé ses faveurs. En particulier elle a daigné me prendre et me conduire comme par la main à des situations élevées. Je lui en demeure reconnaissant du fond de mon âme, tout en demandant à Dieu qu'il soutienne ma faiblesse sous le poids du fardeau. Mais ai-je jamais vu une journée aussi belle, aussi émouvante que celle-ci? Je ne le crois pas.

» Me voilà entouré de ceux que j'aime, de mes prêtres dont les presbytères ont pour moi une si franche et si cordiale hospitalité. Messieurs, je suis

bien, je suis heureux chez vous, pendant mes visites
pastorales et j'admire les attentions délicates dont
vous usez vis-à-vis de votre Archevêque.

» Aussi votre présence aujourd'hui m'est particulièrement sensible. Restons unis pour glorifier
Notre-Seigneur Jésus-Christ. Il a été la grande passion de ma vie ; c'est pour Lui que j'ai étudié ; c'est
Lui que j'ai tâché de faire connaître et aimer.
Messieurs, écoutez la parole d'un vieillard dont
vous célébrez avec tant de cœur les noces d'or :
aimons et servons bien ce véritable ami. »

Ensuite le vénéré pontife examine le souvenir
jubilaire que lui présente son clergé. Il admire
cette merveille artistique. C'est un poème : le
poème du cœur chanté avec des émaux.

« Messieurs, dit-il en terminant, cette œuvre est
trop parfaite, elle rappelle trop de choses intimes
pour quitter mon clergé. Dès maintenant, je la
lègue au diocèse. »

Avant de quitter Monseigneur, tous les prêtres
s'agenouillent et reçoivent sa bénédiction paternelle.

. .

A trois heures et demie se présentent les professeurs et les élèves du Grand Séminaire.

A quatre heures et demie, sont reçus les professeurs et les élèves du Petit Séminaire. C'étaient
les plus petits de la famille ecclésiastique venant

clore avec leur gaîté et leurs chants cette belle journée. Nous avons remarqué dans le dialogue des *élémentaires* une phrase charmante : « Monseigneur parle aux savants avec son esprit ; aux enfants avec son cœur. »

Il le leur a prouvé ce soir-là d'une manière exquise.

MERCREDI, JEUDI ET VENDREDI

Visites. — Cadeaux et leur description.

Il avait été annoncé par le *programme des fêtes jubilaires* que Sa Grandeur recevrait, chacun de ces trois jours, de deux à quatre heures.

Dès le mercredi commence le long défilé des congrégations religieuses, des associations de bienfaisance, des comités catholiques, des représentants de toutes les œuvres diocésaines.

En même temps se présentaient, d'une manière ininterrompue, les familles notables de la ville et du département.

Le nombre des visiteurs devient même si considérable à certains moments de ces trois journées que beaucoup doivent se contenter de déposer leur carte.

Et pendant toutes ces réceptions, la fatigue semble n'avoir aucune prise sur le vénérable Archevêque. La protection de saint Martin et la joie de converser avec ses bons diocésains le soutiennent.

* *

Pendant ces trois journées arrivent aussi les cadeaux.

Nous remarquons d'abord une superbe gravure, offerte par les *œuvres catholiques d'hommes*. C'est le fameux *Jésus devant Pilate*, du célèbre Munkacsy. Impassible dans sa divine majesté, le Sauveur se laisse accuser devant celui qui s'érige, sans droits, comme son juge. La foule crie et hurle autour de lui. On voit toute cette populace, excitée par les Pharisiens, grouiller dans un amoncellement inextricable. On comprend l'émotion que l'apparition de ce tableau remarquable souleva dans certains milieux. On y vit des allusions, des portraits, même; n'est-ce pas, tout simplement, une page de la vie commune, où souvent les actions les plus loyales, les intentions les plus claires sont travesties et livrées aux moqueries et aux insultes des ignorants, en même temps qu'au tribunal de la passion?

Auprès de l'œuvre capitale du maître moderne, on a placé les *fleurs d'automne* de M. le comte Bresson. C'est une gerbe de chrysanthèmes échevelés, aux couleurs variées, peinte avec la facilité qui caractérise l'artiste. Posée sur une table, elle se détache, en tons brillants, sur un fond sombre de tapisserie relevée dans un angle et laissant apercevoir dans le lointain la nouvelle basilique de Saint-Martin. Au pied du bouquet des livres sont entassés, sur lesquels on lit les titres de *David* et de *Salomon*, tandis qu'un rouleau de papier, à moitié déployé, laisse entrevoir les premières lignes d'un ouvrage commencé : *Isaïe*, que le savant Archevêque se propose de publier.

L'automne a beau rappeler l'hiver, c'est avant tout la saison des fruits, et les fleurs qu'elle produit semblent celles d'un nouveau printemps. Elle ne fait pas cependant, oublier la belle saison ; aussi la vue se repose-t-elle avec complaisance sur la belle photographie de Fontgombault et de ses environs que le Révérend Père Albéric, cet ami de l'Archevêché, est venu offrir au bien-aimé prélat, au nom des frères placés sous sa houlette abbatiale. On sent qu'on est en été. La nature est pleine de vigueur et dans tout son éclat. Les arbres, pleins d'ombre, couvrent la campagne. L'abbaye, à moitié enfouie dans un nid de verdure, raie la plaine de la blancheur de ses murs nouvellement restaurés ; les champs et les coteaux se perdent, à l'horizon, dans un lointain vaporeux, tandis que la Creuse, tranquille et brillante comme une glace, roule lentement ses eaux transparentes où le paysage vient se refléter, comme pour en renvoyer l'image vers le ciel.

A cette vue panoramique est jointe une belle et grande aquarelle représentant le chœur de l'église abbatiale, tel que les savantes et patientes recherches de M. le chanoine Lenoir, curé doyen de Châtillon-sur-Indre a su le rétablir, et tendant

encore les deux murs en ruines de sa nef vers le
pignon d'entrée demeuré debout.

Un peu au-dessous de ses grands frères, un
cadre d'allure plus modeste, vient, lui aussi,
témoigner, à sa façon, la part qu'il veut prendre
à la fête. C'est une sainte famille au coloris sobre
et peu tapageur, due au pinceau toujours actif
de M. l'abbé Mailho, curé de la Croix-de-Bléré.

M. Damon, l'habile portraitiste, dans une charmante aquarelle traitée en miniature, reproduit,
de son côté, les traits de Mgr Meignan avec sa
physionomie si empreinte de bonté et si spirituelle. Le prélat est revêtu de sa *cappa* violette,
dont les replis chatoyants viennent se draper à la
hauteur du bras. Ce petit cadre, d'apparence modeste, est un de ceux qu'on remarque le plus.

Les prêtres de la Sainte-Face, ces utiles et
nécessaires auxiliaires du clergé, qui se dévouent
au soulagement de leurs frères et amis les pauvres
curés de la campagne que la maladie empêche de
remplir leur ministère, se sont fait un point d'honneur de prendre rang — et certes, ce n'est pas le
dernier — parmi ceux qui ont donné à notre bon
Archevêque un souvenir palpable de leurs vœux
et de leur affection filiale. Ce souvenir consiste
en une plaque de terre cuite émaillée, dont le
sujet est une vue de la nouvelle basilique de
Saint-Martin, accompagnée des deux vieilles
tours, restes de l'ancienne collégiale. L'artiste,
M. Alfred Lesourd, qui s'est tant dépensé dans

les préparatifs des fêtes jubilaires, craignant, sans doute, de voir disparaître, sous l'empâtement des émaux, les minutieux détails de son travail, s'est contenté, pour le sujet principal, de terres colorées, dont les tons amortis rendent, du reste, admirablement ceux qui lui ont servi de modèles. A gauche, c'est la Tour du Trésor, avec les amorces de ses voûtes effondrées ; au milieu, s'élève la Tour Charlemagne, bâtie autrefois sur la tombe de Luitgarde ; tandis que sur la droite, se dresse blanche et pimpante dans sa grâce juvénité, la basilique de Mgr Meignan, avec son dôme gracieux, sa statue bénissante du thaumaturge et les pierres d'attente de sa nef inachevée. Tout autour, et formant un cadre, ruisselant d'émail, s'enroulent, en enlaçant les écussons des quatre archiprêtrés de Touraine, des banderolles avec inscriptions commémoratives, et des palmes verdoyantes dont le sommet se replie gracieusement vers le ciel. Ce sont, sans doute, celles de la victoire, réservées à celui qui a combattu le bon combat ; ce sont peut-être aussi celles du martyre, *palmam tamen martyrii non amisit ;* mais aujourd'hui, elles se confondent dans la charité : *Pax in charitate.*

Non loin de ce morceau remarquable, s'étale dans sa rondeur et son ampleur, un moëlleux coussin en soie vieil or, don de Mme G. Goüin. On ne peut assez admirer en lui l'habileté de la broderie, la richesse et l'harmonie des soies avec

lesquelles ont été peintes les fleurs et les feuillages qui forment couronne autour de l'écusson
d'azur portant la colombe et le rameau d'argent.

S'il n'est pas permis à tous d'avoir l'écrin de
Mme Anaïs Ségalas, et d'y choisir à son gré perles
fines ou pierreries, sa fille, Mlle Berthe Ségalas, à
défaut de joyaux de ce genre, s'est contentée
d'une admirable garniture d'autel en point de
guipure, sur laquelle ses doigts habiles se sont
exercés pendant bien des années. En offrant le
saint sacrifice sur cette nappe, le pieux et vénéré
prélat se souviendra du Jubilé, et pour un peu de
peine et de travail, l'artiste y aura trouvé une
ample mesure de prières et de bénédictions.

La famille de Lamotte n'a pas oublié le séjour
que fit Mgr l'Archevêque, il y a quelques mois, au
château de Montpoupon, et, comme carte de
visite, elle l'a prié d'accepter un charmant reliquaire de forme gothique, en vieil argent ciselé,
travaillé comme une dentelle délicate, tout
hérissé de clochetons et de pignons fleuris. Mais
son principal mérite consiste surtout dans les
précieuses reliques qu'il contient. Sur un minuscule coussin de velours, renfermé dans un tube
de cristal fermé par deux obturateurs d'or, reposent, en effet, quelques fragments des ossements
de saint Martin, de saint François de Sales et de
saint Guillaume. Ce don est une prière constante
vers le Seigneur, par l'intermédiaire de ces saints;
le bon Dieu y répondra, nous en avons la ferme

confiance, en bénissant les pieux donateurs et celui a qui il a été offert.

Voici encore une autre relique du passé. C'est une cuillère en argent, au manche étroit et long, contourné en spirale et terminé par une tête de bœuf comme on en rencontre en Italie. La poche ronde porte dans l'intérieur, en léger relief, l'image du saint patron de la Touraine donnant la moitié de son manteau au pauvre ; tout autour du sujet se lisent ces mots : *Sanctus Martinus.* Sur le revers ou extérieur, se voient les armes de la principauté de Lucques avec ces mots : *Respublica Lucencis* et le commencement d'un millésime : *17.....* malheureusement interrompu par la soudure du manche et de la conque... Ce fut à l'église cathédrale de Lucques qu'en 1661 le chapitre de Saint-Martin de Tours, se départant, pour la première fois, de la règle suivie jusqu'alors, consentit à envoyer quelques parcelles des ossements sacrés de son saint patron. La réception de ces reliques fut l'occasion de fêtes magnifiques à Lucques et fut mentionnée au martyrologe de la cathédrale. Sommes-nous ici en présence d'une médaille frappée à l'occasion de cet événement ? L'indication du millésime en ferait douter ; mais le souvenir aura pu s'en perpétuer et l'usage s'établir depuis lors de joindre l'image de saint Martin aux armoiries de la ville. Quoi qu'il en soit, M. Lavedan, le célèbre écrivain, en faisant ce présent à l'archevêque de

Tours, aura réveillé en notre Touraine la mémoire d'une confraternité entre deux églises, que le temps avait affaiblie, peut-être autant que les révolutions.

D'autres amis ont traduit par un emblême compris de tous la pensée de tous. Des orateurs, pour leur divine éloquence ont reçu les surnoms de *Chrysostomes* ou de *Chrysologues*. Pour écrire tant et de si beaux ouvrages sur nos livres sacrés, pour répondre aussi victorieusement qu'ils l'ont fait, aux attaques des ennemis de la religion, il fallait une *plume d'or*. Si ce mot, à tournure grecque, n'existe pas, ces amis ont voulu, en quelque sorte, le matérialiser, en offrant au savant exégète un porte-plume d'or finement ciselé et portant la date mémorable du 16 novembre 1890.

Saint Martin devait nécessairement figurer dans tous ces cadeaux de fête. C'est M. l'abbé Augeron, curé de Saint-Martin-le-Beau, qui s'est chargé de l'offrir, sous la forme d'une maquette en cire, modelée comme on savait le faire à l'époque de Louis XIV, et représentant *saint Martin donnant la moitié de son manteau au pauvre*. A l'évêque qui a pris pour devise principale la charité, on ne pouvait donner mieux que l'image du grand champion de la charité.

Les Dominicaines de Chinon, elles aussi, ont apporté le concours de leur bonne volonté à l'éclat des solennités de Tours. Une humble artiste de

leur maison s'est mise à l'œuvre et, dans une
page charmante, fruit de bien des heures de
labeur, elle a transcrit sur vélin, en caractères
gothiques, un certain nombre de passages extraits
des docteurs et des Pères de l'Église, fort bien
choisis, du reste, en les appliquant au nouveau
docteur qui gouverne le diocèse de Tours. C'était
là certes une première difficulté. S'inspirant,
ensuite, de son mieux, des vieux manuscrits,
dont il n'est pas facile de savoir imiter l'apparente naïveté, elle a entouré son texte, surmonté
des armes archiépiscopales, d'une marge ruisse-
lante d'or, où serpentent de blanches banderolles
tenues par des anges aux ailes déployées, des
branches de fleurs aux couleurs variées. La piété
unie à l'art a formé autrefois de grands peintres ;
en voyant cette page, on reste convaincu qu'elle
produit des choses vraiment étonnantes.

Un autre artiste anonyme, est venu de son côté,
offrir au bon prélat un échantillon de son savoir-
faire dans le même genre. Quatre pages, en par-
chemin, réunies en un fascicule relié, dont le
cartonnage est recouvert, sur l'un des plats, d'un
beau damas de soie, et sur l'autre d'une peluche
soyeuse aux nuances éteintes, sont illustrées de
nombreuses miniatures, encadrant la dédicace
et les versets tirés des livres de David et de Salomon. On peut sans peine appliquer ces devises à
l'auteur illustre qui vient de parler d'eux d'une
façon si remarquable et dont les écrits resteront

pour l'âme et le cœur : *sains et nourrissants comme le blé ; forts et élégants comme le chêne et le palmier; doux comme le miel ; solidement assis* sur les bases de la science sacrée comme *sur une citadelle* inexpugnable.

Nous remarquons aussi l'album avec dédicace contenant la *messe de Saint-Martin,* de M. l'abbé Goupil, curé de Chambray, composée pour la circonstance; les amateurs de bonne musique ont pu l'entendre déjà dans plusieurs églises de Tours. Auprès est l'oratorio latin du même auteur, intitulé *David.*

Plus loin sont les pages ornées avec beaucoup de goût et pleines d'à propos, dues au pinceau de M. l'abbé Mesnage, vicaire à Saint-Saturnin.

Que dire, maintenant, du cadeau splendide offert par MM. Mame, c'est-à-dire de la collection complète, en 13 grands volumes in-4°, des classiques français, qu'ils ont édités avec tant de soins et de précautions, qu'ils ont fait illustrer par nos meilleurs artistes, et qu'ils ont fait relier spécialement avec cette richesse et cette élégance que l'on ne trouve que dans leur maison. Leur nom est tout un éloge et en dit plus que bien des paroles. Fils dévoués de l'Église, ils ont tenu à honneur de figurer dans cette fête du premier pasteur de leur diocèse, et à mêler leurs dons à ceux du clergé et des amis intimes. Ils l'ont fait royalement.

La valeur d'un présent dépend souvent d'un

souvenir ou de l'intention de celui qui le donne. Si nous en croyons une pancarte explicative, le buvard, d'apparence si modeste, envoyé par le Révérend Père Feuillette, que personne n'a oublié à Tours, doit être rangé dans cette catégorie. Le cuir, qui le recouvre, a failli devenir le tombeau du bon et illustre religieux que Dieu, sans doute, appelait à d'autres destinées, car le crocodile tué par celui qu'il voulait dévorer, vient aujourd'hui, sous cette forme originale occuper une place au milieu des cadeaux.

Mais là ne se termine pas la série des présents. D'autres, que des circonstances imprévues ont empêché d'être prêts à l'heure, sont en cours d'exécution et viendront, en leur temps, grossir le nombre des souvenirs de ces belles fêtes jubilaires. Parmi eux, nous savons, en effet, que M. Quincarlet, l'artiste qui s'est plu, en 1887, à transcrire et à orner l'adresse du clergé de Tours au Souverain Pontife Léon XIII, prépare, comme marque de son respectueux attachement et de sa vénération envers Mgr Meignan, un long et nouveau travail qui, nous l'espérons, sera digne du premier.

Au risque de commettre une indiscrétion, nous ajouterons que le vénérable prélat porte maintenant un superbe anneau pastoral qui lui a été offert par sa digne et nombreuse famille. Cet anneau est orné d'une topaze entourée de dix-huit diamants; il porte, gravée à l'intérieur, l'inscription suivante : A sa Grandeur Mgr Meignan 1840-1865-1890, sa famille.

Nous devons dire aussi que l'autel de la nouvelle basilique de Saint-Martin est un hommage fait à Mgr Meignan, à l'occasion de son jubilé, par M. le sénateur Goüin.

Il faut également rappeler que les communautés religieuses et un certain nombre de familles de la ville de Tours avaient consenti à abandonner le projet de cadeaux particuliers, afin de prendre part, par des sommes importantes, aux frais des solennités jubilaires.

Le vénéré Pontife a tout su et il en demeure profondément touché.

IV

SAMEDI 15 NOVEMBRE

LA PART DES PAUVRES. — ARRIVÉE DES PRÉLATS
LA CANTATE DES NOCES D'OR

Distribution de pain aux pauvres dans les sept paroisses de
la ville. — S. E. le cardinal Langénieux et NN. SS. les
évêques. — Dîner dans la salle du trône ; paroles de Mgr
Meignan. — Brillante réunion dans la vaste chapelle de
l'archevêché. — Les souhaits : poésie. — Exécution de la
Cantate.

Cette journée commence par la charité.

« On n'ignore point, disait le *Messager d'Indre-
et-Loire*, que les pauvres sont l'objet de toute la
sollicitude paternelle de notre vénérable Archevêque.

» Sa Grandeur n'a pas voulu qu'ils fussent oubliés
pendant les jours où se célébraient ses noces d'or.

» Aussi les sept paroisses de la ville de Tours ont-
elles été chargées, en son nom, de répartir entre
leurs pauvres environ 3,500 kilogrammes de pain.

» La distribution de ce don généreux a été faite
par les soins de Messieurs les curés. »

* *

Dans l'après-midi arrivaient les nombreux prélats attendus pour ces belles fêtes.

S. E. le cardinal archevêque de Reims descend
au palais archiépiscopal avec six autres évêques.
Les pontifes auxquels il n'est pas possible de

donner des appartements à l'archevêché reçoi-
.vent la plus gracieuse hospitalité chez les habitants notables de la ville.

En reprenant les noms des évêques qui avaient
assisté à l'inauguration de la basilique, voici la
liste complète des prélats venus honorer de leur
présence les fêtes jubilaires :

S. E. le cardinal LANGÉNIEUX, archevêque de
Reims.

Mgr GONINDARD, archevêque de Sébaste, coadjuteur de Rennes.

Mgr LÉCOT, archevêque de Bordeaux.

Mgr BECEL, évêque de Vannes.

Mgr HUGONIN, évêque de Bayeux.

Mgr COUILLÉ, évêque d'Orléans.

Mgr LABORDE, évêque de Blois.

Mgr CATTEAU, évêque de Luçon.

Mgr ARDIN, évêque de la Rochelle.

Mgr PAGIS, évêque de Verdun.

Mgr SOURRIEU, évêque de Châlons.

Mgr LARUE, évêque de Langres.

Mgr LABOURÉ, évêque du Mans.

Mgr LAMARCHE, évêque de Quimper.

Mgr JUTEAU, évêque de Poitiers.

Mgr CLÉRET, évêque de Laval.

Mgr LAGRANGE, évêque de Chartres.

Mgr HAUTIN, évêque d'Évreux.

Le T. R. P. Albéric, abbé de la Trappe de
Fontgombault.

Les évêques étaient tous rassemblés avec la famille de Monseigneur, au grand salon, attendant le dîner. On remarquait deux petites filles de treize ans, vêtues de blanc, si ressemblantes qu'il était impossible de distinguer l'une de l'autre, et dont l'attitude témoignait quelque impatience. Les religieuses du couvent où elles sont en pension avaient préparé pour les fillettes un petit drame auquel devait prendre part leur plus jeune sœur et leur petit frère. Les deux enfants vêtues de blanc avaient deux rôles d'anges. Monseigneur proposa au cardinal et à ses collègues de condescendre à être l'assistance de la pièce. Aux regards attendris de la mère et de tous, les enfants commencèrent. Elles s'en tirèrent de manière à faire grand honneur aux religieuses de Laval et à elles-mêmes. Le cardinal et l'assistance, comme on le pense bien, applaudirent chaleureusement au petit drame.

Aussitôt, les vicaires généraux et chanoines des divers diocèses se rendent, avec l'heureuse famille du Pontife, et à la suite des évêques, dans la grande salle du Trône où a lieu le dîner.

Mgr l'archevêque exprime à tous sa joie et sa reconnaissance.

Les remerciements s'adressent d'abord à l'illustre cardinal, dont il esquisse à grands traits la magnifique carrière ; ensuite aux évêques, dont plusieurs étaient pour lui des amis de la première heure ; enfin à son honorable et nombreuse

famille, « à laquelle après Dieu, je dois, dit-il avec ›
émotion, tout ce que je puis être ; car elle m'a
donné avec le sang une éducation chrétienne et
des traditions pieuses qui ont fait la joie, la sau-
vegarde et l'honneur de ma vie. »

* *

A huit heures devait être chantée la CANTATE
DES NOCES D'OR.

Dès sept heures, la foule envahit déjà les
abords de la chapelle de l'Archevêché, et dix
minutes après l'ouverture des portes, il n'y avait
plus une seule place à prendre. Les tribunes
étaient combles ; le grand escalier lui-même se
trouvait occupé.

A huit heures et demie, Mgr l'Archevêque,
S. E. le Cardinal et tous les prélats font leur entrée
et viennent prendre place à leurs sièges. On
distingue sur une estrade les riches fauteuils du
Cardinal et de l'Archevêque de Tours.

Un des petits-neveux du vénéré Pontife jubilaire lui offre un bouquet, et un grand jeune
homme du Pensionnat Saint-Martin lit d'une
voix sympathique la poésie suivante :

AD MULTOS ANNOS!

16 novembre 1890.

O père bien-aimé, Pontife magnanime !
Successeur de Martin, grand Évêque de Tours !
Nous venons aujourd'hui d'une voix unanime
Vous dire : Monseigneur, à vous gloire et longs jours !

5

Cinquante ans ont neigé sur votre front..... sans prise ;
Tête et cœur sont restés debout sous les autans.
Vous êtes demeuré jeune comme l'Église
A qui Jésus promit un éternel printemps.

Plus heureux que ce Cèdre (1) au splendide feuillage
Qu'en un jour de fureur découronna l'hiver ;
Sous les rudes assauts du labeur et de l'âge
Vous êtes resté droit, vous êtes resté vert.

Autour de vous tout monte et refleurit de sève ;
Tout s'anime et reprend son vigoureux essor.
Et du grand saint Martin le beau temple s'élève
Fier de sa robe blanche et de ses franges d'or.

De votre plume illustre en chefs-d'œuvre féconde,
Des livres immortels éclosent chaque jour ;
L'Église vous bénit, vous qui prêchez au monde
La science et la foi, la paix avec l'amour.

Le souffle de l'Esprit vous porte sur les cimes
Où l'éclair du Sina trace un sillon de feu.
Et vous voyez passer dans des songes sublimes
Comme autrefois Daniel, les visions de Dieu.

Vous aimez les hauteurs où les grands aigles planent ;
Le Liban, du Seigneur solennel escabeau ;
Le Carmel où jamais les roses ne se fanent ;
Le Thabor où Jésus nous apparut si beau.

Ah ! de ces hauts sommets, descendez dans nos plaines !
Voyez ce peuple entier qui vers vous tend les bras.
Il vous chante : Hosannah ! et vous jette à mains pleines
Des palmes et des fleurs pour embaumer vos pas.

Voyez autour de vous cette illustre couronne
De Pontifes sacrés, Sénat majestueux ;
Et le grand Cardinal dont la pourpre rayonne
Sur votre noble front d'un reflet glorieux.

Tout vous dit aujourd'hui : gloire, amour, espérance !
Tout vous dit : oh vivez ! vivez, vivez encor,
Et Rome vient s'unir à l'Église de France
Pour vous chanter ce soir le chant des noces d'or.

(1) Allusion au cèdre de l'archevêché, découronné par l'hiver de 1879.

Alors le concert commence, et le programme
fort bien composé se développe avec un entrain
et un brio qui soulèvent les applaudissements
unanimes et maintes fois répétés de l'assistance.

Cependant le morceau capital de la soirée était
la *Cantate des noces d'or*, paroles et musique de
M. l'abbé Rastier.

Cette large et brillante composition fait grand
honneur au maëstro qui fut si longtemps maître
de chapelle à notre métropole. Elle a été exécutée
par des artistes de talent, et les chœurs, savam-
ment dirigés par le compositeur lui-même, ont
été admirablement exécutés.

Nous joignons nos compliments et nos félicitations au compositeur et aux exécutants qui ont
rivalisé de zèle, de talent et de sentiment dans
l'interprétation de cette belle œuvre.

La *Cantate des noces d'or* est une trilogie.

D'abord un récit, interrompu par des tutti
d'acclamations, expose le sujet :

Vive Monseigneur !

Il était né pour nous puisque Dieu nous le garde !
A l'égal de ses jours, tant d'autres aujourd'hui
Sont au lieu du repos !... presque seul, il regarde
D'un front calme et serein l'avenir devant lui.
Vive Monseigneur !

L'avenir ! Ce n'est pas seulement l'espérance
Que le ciel généreux promet en récompense
A nos labeurs constants, à nos efforts pieux,
Pour monter de la terre à la splendeur des cieux.

Tel il n'est pas pour lui. L'entendez-vous redire,
Comme autrefois Martin, dans un chrétien délire :
« Si mon travail, Seigneur, est utile à ta foi,
« Je suis prêt à mourir, mais je vivrai pour toi ! »
　　　　Vive Monseigneur !

Dès le premier instant de sa noble carrière
Jusqu'à ce jour béni, rien pour lui n'a manqué :
Ni talents, ni vertu, ni bienfaits, ni lumière :
On dirait que d'un signe un ange l'a marqué !
　　　　Vive Monseigneur !

Il aime aussi les arts ; mais son intelligence
Pour les choses de Dieu surpasse toute ardeur.
Vaillant soldat du Christ, d'une fausse science
S'il en vient au combat, il en revient vainqueur !
　　　　Vive Monseigneur !

Une magnifique voix de baryton a brillamment interprété le récitatif, et l'entrain avec lequel les 200 exécutants chantaient les vivats indiquait bien que tous les cœurs étaient à la fête.

Venait ensuite le *Choral* renfermant la prière et les vœux. Quelle largeur dans l'harmonie ! Quelle expression majestueuse des sentiments ! Comme cette belle et grande musique captivait l'assistance :

Recevez, Monseigneur, agréez nos hommages
　　　Et nos humbles présents.
Que Dieu, comme un abri contre tous les orages
　　　Vous laisse à vos enfants !

Du sceptre pastoral aidez notre faiblesse,
　　　Redressez nos écarts ;
Dans ses pas chancelants soutenez la jeunesse
　　　Ainsi que les vieillards.

Vivez pour le troupeau que l'héritier de Pierre
A remis en vos mains ;
Vivez pour vos amis, et comme un tendre Père
Vivez pour nos besoins.

Si nos jours sont comptés jusqu'à la dernière heure,
Ils ne sont pas égaux ;
Rapide le temps fuit... l'Éternité demeure,
Mais après les travaux.

Monseigneur !

Que les vôtres soient longs ! après tout, de la terre
Au jubilé des cieux,
Si le passage est dur, il est presque éphémère
Quand on fait des heureux !

Enfin la joie et les acclamations reprenaient
leur cours dans le *grand chœur final :*

Et maintenant, aux transports d'allégresse
Laissons aller nos cœurs.
Que de ce jour s'éloigne la tristesse,
Et que les chœurs
En douces mélodies,
Brillantes harmonies,
Reportent nos refrains
Jusqu'aux échos lointains.

Vive Monseigneur !
Que par Sa Grandeur
Le ciel nous bénisse !
Qu'il lui soit propice ;
A lui, tous nos vœux,
Nos accents joyeux !

A nos louanges,
O divins Anges

O Pontifes saints,
De vos mitres ceints,
O Vierges sacrées,
De vos lis parées,
Martyrs triomphants,
Unissez vos chants

Et votre prière,
Pour que notre père,
A son dernier jour,
Reçoive à son tour
L'auguste couronne
Que réserve et donne
Au bon serviteur
Le Divin Pasteur.

Vive Monseigneur !
Vive sa Grandeur !
Vive Monseigneur !

Pendant toute la durée de cette charmante soirée, les manifestations dont Monseigneur a été l'objet l'ont vivement ému. On a vu couler de ses yeux des larmes d'attendrissement et de reconnaissance.

La séance a été levée aux crix mille fois répétés par l'orchestre de : Vive Monseigneur !

———

DIMANCHE 16 NOVEMBRE

SOLENNITÉ DE SAINT-MARTIN

OFFICE PONTIFICAL JUBILAIRE. — CÉRÉMONIES MARTINIENNES. — CLOTURE DES FÊTES

Décoration de la cathédrale. — Les couleurs de saint Martin. — Entrée du cortège dans la Métropole. — Compliment de M. le doyen du Chapitre. — Réponse de Mgr l'Archevêque. — Messe pontificale. — Discours de Mgr Gonindard, archevêque de Sébaste et coadjuteur de Rennes. — Ovation à Mgr Meignan. — Les noces d'or et les noces d'argent : poésie de Mme Anaïs Ségalas. — La visite au saint Tombeau. — Sur la terrasse de l'archevêché : allocution de S. E. le Cardinal archevêque de Reims. — Vêpres. — Foule immense. — Panégyrique de saint Martin prononcé par Mgr Pagis, évêque de Verdun. — Télégramme de Sa Sainteté Léon XIII. — Grand dîner officiel. — Toast de M. Nourrisson, membre de l'Institut. — Allocution de S. E. le cardinal Langénieux. — Musique du pensionnat Saint-Martin et des œuvres ouvrières. — Réception ouverte : envahissement des salons et hommage de tout le peuple au vénéré Pontife. — Présentation des patronages et cercles ouvriers par leurs directeurs.

C'est la grande journée qui va dignement clore nos belles fêtes jubilaires.

La cathédrale est splendidement décorée. La *Semaine religieuse* en donne, la veille, la description suivante reproduite par les journaux :

« L'habile architecte qui avait si gracieusement offert son concours pour l'ornementation de la cathédrale, a réalisé son magnifique projet.

» Dès l'entrée de la nef principale, une avenue de trophées conduit à la grande couronne archiépiscopale, suspendue au milieu du transept. De cette couronne descendent quatre banderoles semées d'hermines, qui vont rejoindre à la partie inférieure des gros piliers quatre cartouches portés par des anges, sur lesquels sont inscrites les dates mémorables :

» Naissance, 1817 ; Sacerdoce, 1840 ; Episcopat, 1865 ; Jubilé, 1890.

» Cette partie très décorative sert d'introduction à la portion spécialement ornementée, qui est le chœur et surtout le sanctuaire.

» Quatorze crosses de sept mètres de longueur, soutiennent à leurs énormes volutes dorées des bannières portant la double croix archiépiscopale. D'autres bannières marquées du même signe descendent des grandes ogives. Au fond, dans les cinq tympans apparaissent sur velours rouge rehaussé d'or, les armoiries du Chapitre métropolitain, de la ville de Tours, de la ville de Loches, de la ville de Chinon et de la ville d'Amboise.

» On a voulu représenter ainsi tout le clergé diocésain qui, hiérarchiquement, comprend, en effet, le Chapitre et ensuite les quatre archiprêtrés de Tours, de Loches, de Chinon et d'Amboise.

» La même pensée avait porté les communautés religieuses et les œuvres diocésaines à demander leur inscription sur les bannières qu'elles ont offertes.

» Pour compléter le coup d'œil saisissant de l'ensemble, un double rang de volumineuses guirlandes d'or, court le long des galeries, autour des arcades et dans les ogives. Ces guirlandes sont rattachées par des nœuds de couleur bleu tendre, dont les extrémités pendantes ajoutent considérablement à l'effet.

» Les bannières elles-mêmes ont cette couleur bleu clair. Elle a été choisie à cause de la tonalité joyeuse qu'elle produit, de l'harmonie qu'elle offre avec la pierre blanche de l'édifice et surtout parce que le bleu est la couleur de saint Martin.

» Il nous reste maintenant à décrire l'objet sur lequel se sont concentrés les plus sérieux efforts de la décoration : le trône jubilaire.

» C'est véritablement un trône et des plus splendides. Haut de six mètres, il porte cinq panaches blancs à son sommet. Au-dessous de la petite coupole aux reflets soyeux, existe une galerie en bois sculpté et doré, ornée d'une frise agrémentée de dessins d'or sur fond rouge. Cette galerie offre à la façade le chiffre de Sa Grandeur, surmonté de la double croix archiépiscopale. Deux longues crosses portent la galerie sur leurs grosses volutes. Des rideaux en très beau velours rouge, couverts de broderies d'or, s'étendent somptueusement de chaque côté. Au fond on aperçoit les armes de Monseigneur : la colombe argentée et le rameau d'olivier. Un superbe prie-Dieu achève la décoration.

» La cathédrale aura vraiment, dimanche prochain, l'aspect solennel qui convient à ces belles fêtes jubilaires. Dieu veuille, pour ne rien enlever à leur éclat, mettre dans son firmament le rayon de soleil qui sera dans nos cœurs ! »

*
* *

D'un autre côté, le *Messager d'Indre-et-Loire*, répondant lui aussi à une critique faite sur l'emploi de la couleur bleue, publiait le remarquable article suivant, intitulé : *Les couleurs de saint Martin*.

« La décoration de notre magnifique cathédrale se poursuit avec entrain pour la fête jubilaire de

Mgr Meignan associée à la solennité de saint Martin. Un superbe trône pontifical s'élève dans le sanctuaire, et de hautes crosses dorées montent le long des colonnes du chœur, soutenant des bannières bleues.

» Nous avons entendu critiquer cette invasion du bleu. C'est à tort, à notre avis, le bleu étant la couleur propre de saint Martin. Le manteau de soie, la *chape*, pour employer l'expression consacrée, qui couvrait son tombeau, était d'azur uni ; cette couleur fut bientôt adoptée par la liturgie catholique pour les offices des confesseurs pontifes, et on y attacha un sens symbolique, que le bienheureux Ives de Chartres explique en ces termes : « La tunique des pontifes, dit-il, est d'azur, pour montrer que les pensées et les désirs doivent tendre constamment au ciel et ne point s'attacher à la terre. »

» La chape ou bannière bleue de l'insigne église de Saint-Martin de Tours fut le premier étendard militaire de la Monarchie franque, les princes voulant avoir avec eux, au milieu des batailles, ce gage précieux de la protection du grand thaumaturge.

» Les ancêtres des rois capétiens avaient d'ailleurs un droit spécial à s'en faire accompagner, puisqu'ils étaient abbés de Saint-Martin.

» Le premier de ces dignitaires à la fois féodaux et ecclésiastiques qui ceignit la couronne en 888, fut Odon ou Eudes, comte de Tours et de Blois, fils de Robert le Fort. Du Tillet lui attribue l'adoption des emblèmes que ses successeurs gardèrent fidèlement. « Je ne veux, dit-il, omettre ici qu'Odon apporta en France cette noble bannière toute semée et peinturée de fleurs de lys, laquelle a duré jusqu'à Charles VI. »

» Son frère Robert lui succéda dans ses dignités et dans ses domaines, et revendiqua la chape de saint Martin comme un de ses plus précieux trésors. L'avènement de Hugues Capet, le petit-fils de ce

Robert, cenfirma un usage préexistant, et le bleu-azur devint ou plutôt demeura la couleur natio-nale.

» Sous le règne de Louis le Gros, l'oriflamme de saint Denis remplaça la bannière de saint Martin comme enseigne de guerre ; mais le fond d'azur, semé de fleurs de lis d'or, n'en demeura pas moins le symbole traditionnel de la royauté et de la nation, qui se confondaient alors. L'étendard de saint Denis était rouge pourpre, en mémoire du martyr du premier évêque de Paris.

» Les historiens contemporains de Philippe-Auguste distinguent parfaitement la bannière royale de l'oriflamme. Ces deux drapeaux figuraient à la bataille de Bouvines, dont ils partagèrent la gloire, en 1214. Un poëte d'Orléans dépeint le pre-mier :

De fin azur luisant l'enseigne.
A fleurs de lys d'or aournée.

» La mission merveilleuse de Jeanne d'Arc chan-gea la couleur nationale au xv° siècle. De même que l'étendard bleu des Mérovingiens avait pris naissance à Tours dans la dévotion des peuples et des rois au tombeau de saint Martin, de même la bannière blanche de la Pucelle, brodée et peinte à Tours, et bénite en l'église Saint-Sauveur de Blois, fut inaugurée à la délivrance d'Orléans, prélude de la résurrection nationale.

» Les rois adoptèrent volontiers un emblème qui leur avait porté bonheur, et sous lequel la France humiliée et mutilée s'était ressaisie et affranchie de l'étranger. Toutefois, la substitution du blanc à l'a-zur ne s'opéra pas instantanément, et le bleu per-sévéra jusqu'à la fin du siècle.

» Malgré ce changement, l'azur n'en resta pas moins la couleur personnelle des rois de France, comme en témoigne le manteau royal de grande cérémonie, et le champ de leur écu. La couleur de saint Martin a survécu à tout.

» C'est donc avec raison que les décorateurs de notre cathédrale ont choisi l'azur comme note générale de leur ornementation. Cette couleur, destituée de toute signification politique, rappelle la chape du tombeau de saint Martin, devenue notre étendard national jusqu'au XIIIe siècle. Sur chacune des bannières qui pendent des volutes des grandes crosses, on pourrait inscrire le nom d'une de ces glorieuses batailles par lesquelles la France a constitué son unité nationale.

» Saint Martin a été l'un des plus puissants facteurs de cette unité dans le passé. Puisse-t-il en être dans l'avenir le rédempteur et le gardien !

*
* *

Dès huit heures et demie les voitures se succèdent au palais archiépiscopal et déposent devant le perron ceux des Nos Seigneurs les évêques qui résident chez des personnes de la ville. La foule commence à s'amasser aux abords du palais et s'avance même jusque dans la cour d'honneur. M. Peigné, photographe, est à son poste, car il doit prendre une vue de tous les prélats présents à cette magnifique cérémonie. MM. les vicaires généraux, chanoines et curés, suivis des autres membres du clergé, arrivent en ce moment et vont se réunir dans les salons. Il est neuf heures moins dix. Sa Grandeur Monseigneur Meignan descend le grand escalier entouré de ses nobles invités et tous se placent sur le perron face à l'objectif de l'habile opérateur.

Quelques instants suffisent, deux épreuves sont prises et parfaitement réussies.

A 9 heures précises, le cortège se met en marche. S. E. le cardinal Langénieux est en tête, ayant à ses côtés Mgr Meignan ; MM. les chanoines entourent leurs évêques respectifs.

Les séminaristes en surplis ferment le cortège. La foule est en ce moment considérable, et ce n'est qu'avec une peine inouïe que nous pouvons parcourir l'espace qui sépare l'archevêché de la cathédrale.

L'entrée se fait par la grande porte de la métropole. Mgr Meignan prend place sous le dais ainsi que Son Éminence.

M. l'abbé Sellier, doyen du Chapitre et vicaire général, s'avance alors et prononce les paroles suivantes : .

« MONSEIGNEUR,

» Lorsque, au soir de sa vie, le prêtre peut jeter un regard ému sur un demi-siècle consacré au service de son Maître, au salut des âmes et à la gloire de l'Église, c'est une grande joie pour son cœur, et, dans l'avenir éternel qu'il entrevoit, le fondement d'une sainte espérance. Il est heureux, lorsqu'à cet instant solennel, il contemple, groupés autour de lui tous ceux qui lui sont chers et les peuples qu'il a conduits, unissant leurs voix à la sienne pour faire monter vers Dieu l'hymne de la reconnaissance.

» Vous êtes, en ce jour, plus heureux encore, Monseigneur, car aux noces d'or de votre sacerdoce, vous joignez les noces d'argent de vos vingt-cinq années d'épiscopat, et ces années, vous pouvez vous en rendre le précieux témoignage, ont été marquées par des œuvres fécondes.

» Je ne m'étonne plus de la présence, si honorable pour Votre Grandeur, d'un Eminent prince de l'Eglise, de ce brillant concours de prélats vénérables et de prêtres distingués, qui sont tous vos amis. Je ne m'étonne plus de cette foule immense de pieux fidèles, accourus de toutes parts pour jouir de votre triomphe, de ces splendeurs inaccoutumées sous les voûtes de notre antique Métropole ; il s'agit, en effet, de rendre hommage à celui qui peut, à juste titre, se dire l'élu du Seigneur.

» S'il est vrai, Monseigneur, comme vous l'exposez si bien dans vos prophéties messianiques, que Dieu a toujours préparé de loin les destinées des nations, ne sommes-nous pas en droit de croire qu'il en agit de même à l'égard de ceux qu'il appelle à exercer dans son Eglise une noble et sublime mission ? Vous me permettrez de divulguer ici, à l'appui de ce principe, un de ces gracieux souvenirs de votre jeunesse, qu'à un moment de doux épanchement dans des cœurs amis, vous avez un jour évoqué en présence de quelques-uns d'entre nous.

» C'était Monseigneur, à l'aurore de votre vie sacerdotale, la maladie, causée peut-être par les labeurs que votre amour pour la science sacrée vous avait fait entreprendre, était venue vous visiter, et l'on craignait même pour vos jours. Vous étiez alors à Rome ; une pieuse pensée vous conduisit auprès d'une sainte religieuse, la célèbre Mère Makrena, au couvent du Sacré-Cœur de la Trinité-des-Monts. Vous vouliez voir celle qui nous a donné cette suave représentation de la *Mère admirable* et vous recommander à ses prières. Une parole consolante et qui semblait prophétique est tombée de ses lèvres : Monsieur l'abbé, vous a-t-elle dit, inspirée de Dieu sans doute, vous guérirez et vous aurez une bien belle carrière ecclésiastique.

» Cette parole s'est vérifiée, Monseigneur, et ceux qui ont été vos condisciples vous ont suivi dans l'exercice d'un ministère de choix et toujours apprécié, à Sainte-Clotilde d'abord, comme vicaire d'une des plus belles paroisses de la capitale, à la Sorbonne, où vous avez inauguré vos doctes enseignements, à la Légion d'honneur, où l'on se rappelle encore les charmantes instructions que vous donniez aux filles des vétérans de nos armées, à l'Archevêché de Paris enfin, où vous préludiez, en quelque sorte, à la mission épiscopale qui allait bientôt vous être confiée, par les fonctions de promoteur et de vicaire général.

» Je n'entreprendrai pas, Monseigneur, de redire ici les actes épiscopaux de Votre Grandeur à Châlons, à Arras, à Tours, une voix éloquente s'est chargée de célébrer les gloires de votre vie et le mérite éclatant de vos œuvres. Je me contenterai de vous offrir les vœux et les félicitations de votre clergé et de tous les pieux fidèles de votre cher diocèse de Tours. Ils seront, Monseigneur, de ceux que le ciel exauce, car, en vous les exprimant, nous avons pour but de rendre un sincère et filial hommage *au Prêtre* selon le cœur de Dieu, qui n'a cessé, depuis cinquante ans, de se dépenser pour sa gloire, *au Pontife*, qui a illustré l'épiscopat par ses saintes entreprises, son zèle pour le développement des études et ses savants écrits, et pour nous qui connaissons votre grand cœur, *au Père*, qui entoure sa nombreuse famille spirituelle de son amour et de son dévouement.

» Que Dieu, Monseigneur, vous réserve encore de longs jours, et que le souhait qu'autrefois vous adressiez à votre consécrateur trouve en vous sa complète réalisation ! Comme vos prêtres, il y a quelques jours et avec le même sentiment de vénération et de profond attachement à votre personne, nous aimons à vous redire : *ad multos annos!* »

Monseigneur lui répond en ces termes :

« Je vous remercie, Monsieur le Doyen, des sen-
» timents si parfaits que vous venez de m'exprimer
» au nom du clergé et des fidèles, dans cette cir-
» constance solennelle ; j'en suis profondément
» touché. Mais si j'accepte ces honneurs, c'est que
» tout d'abord ils remontent vers Dieu l'auteur de
» toute grâce, vers Celui qui nous choisit, dirige
» tous les événements de notre vie, nous donne la
» force de marcher dans la voie qu'il nous a tracée
» et d'accomplir sa volonté sainte.

» Ces honneurs, ils remontent ensuite jusqu'au
» Souverain Pontife, le représentant de Jésus-
» Christ sur la terre, le Chef vénéré de son Eglise,
» qui a daigné, dans la hiérarchie catholique, nous
» confier une part de son autorité pour conduire
» les âmes au salut.

» Ils remontent également vers vous, Éminence ;
» n'êtes-vous pas ici le glorieux représentant du
» Pontife suprême ?

» J'aime encore à vous remercier, en présence
» de mes vénérés collègues dans l'épiscopat, en
» présence du clergé et de cette multitude de fidèles
» qui nous entourent, de la bonté avec laquelle
» vous êtes venu rehausser de l'éclat de la pourpre
» romaine les solennités de ce jour. »

» Prêtres et fidèles, recevez ici le témoignage de
» ma vive gratitude pour tous les sentiments qui
» vous animent en ce moment. Ensemble nous
» allons prier et pendant que j'offrirai le divin sa-
» crifice, demandez pour moi la grâce divine dont
» je sens plus que jamais le besoin, pour mériter,
» après les responsabilités d'une vie déjà longue,
» la récompense que Dieu réserve à ses fidèles
» serviteurs. »

Aussitôt après ces allocutions, le cortège continue sa marche et pénètre dans le chœur de la cathédrale. Monseigneur va se placer au splendide trône dont nous avons parlé et que toute l'assistance ne se lasse pas d'admirer.

Le Cardinal occupe le trône habituel de Mgr l'Archevêque.

NN. SS. les évêques et les prélats sont placés de chaque côté du sanctuaire. Les stalles du chœur sont complètement remplies par MM. les vicaires généraux et chanoines des divers diocèses, en costumes variés. Avec toutes les décorations que nous avons décrites, les fleurs et les arbustes qui environnent l'autel et forment des massifs en plusieurs endroits du sanctuaire, c'est un ensemble grandiose qui va se prêter admirablement à la pompe des cérémonies religieuses.

Alors commence cette particularité intéressante de notre liturgie tourangelle que nous appelons le grand ordre : entrée majestueuse, lente et espacée de tous les ministres de l'autel avec leurs blancs surplis, leurs chapes d'or, leurs dalmatiques brillantes, leurs riches reliquaires dévotement portés, formant une marche d'honneur et toute orientale, qui précède le Pontife officiant, paré de ses splendides vêtements épiscopaux, le pallium étalé sur la riche chasuble, la grande mitre diamantée sur la tête, la crosse en main et suivi de ses porte-insignes.

Mgr Meignan traverse ainsi la foule sympathique et passe, en bénissant, devant sa famille qui occupe les premiers rangs de la grande nef.

Le Pontife est maintenant à l'autel où S. E. le Cardinal archevêque est venu le rejoindre pour réciter avec lui les premières prières du Saint-Sacrifice.

Dans l'assistance des fidèles le recueillement est parfait ; et pourtant on chercherait vainement une place inoccupée ; les galeries elles-mêmes et les tribunes des grandes orgues sont envahies.

L'orchestre du Petit-Séminaire attaque avec un ensemble et une précision admirables les chants de la messe.

Après l'Évangile, Son Éminence et NN. SS. les évêques se rendent à l'estrade placée devant la chaire ; le Pontife officiant, entouré de ses ministres, vient à l'entrée du chœur. Mgr Gonindard archevêque de Sébaste et coadjuteur de Rennes, dans un remarquable discours que nous voudrions avoir la permission de reproduire intégralement, retrace la carrière si remplie du vénérable Jubilaire, auquel il fait l'heureuse application de ce texte évangélique : « C'est par la grâce de Dieu que je suis ce que je suis, et la grâce de Dieu n'est pas restée en moi inefficace. » Il le suit, de l'éclosion de sa vocation sacerdotale sous l'influence de l'admirable tendresse d'une mère et à travers les périls d'une éducation de lycée, jusque dans ces universités germaniques où il allait, curieux d'études nouvelles, se fortifier pour de nouvelles luttes ; puis, dans le ministère paroissial de Sainte-Clotilde, dans l'enseignement rajeuni de la vieille Sorbonne, dans l'administration du diocèse de Paris à laquelle l'associaient comme vicaire-général deux archevêques ; enfin dans ses deux épiscopats fructueux de Châlons et d'Arras, où il préludait, par la restauration d'un tombeau célèbre, à la résurrection plus éclatante et plus magnifique du tombeau national de saint Martin.

Mais, en rappelant toutes ces étapes d'un chemin si noblement parcouru, en faisant le tableau d'une vie si diverse dans sa belle unité, l'orateur prend soin de dégager avec un charme indéfinissable le trait constant et supérieur qui caractérise ces cinquante années de sacerdoce et ces vingt-cinq années d'épiscopat : c'est la devise même en laquelle s'est résumé l'Archevêque, et dont il a fait l'expression parlante de ses armes : *Pax in charitate.* C'est par la mansuétude, en effet, c'est par la douceur, la persuasion, qu'il a surmonté tous les obstacles et conquis tous les cœurs. La colombe argentée de ses armes, avec son rameau d'olivier, a fait plus, pour apaiser les querelles et gagner les adhésions, que les combats de la parole et de la plume. Il a surtout vaincu par la charité.

Après ce beau et touchant discours, S. E. le Cardinal archevêque étant revenu à son trône et NN SS. les évêques à leurs fauteuils du sanctuaire, la messe reprend sa majestueuse solennité.

Elle se termine par un *Te Deum* chanté en actions de grâces.

Alors le cortège se forme de nouveau et reprend le chemin de l'archevêché, par la rue Saint-Maurice. Pendant ce temps, Monseigneur se rend à la sacristie pour quitter ses ornements sacerdotaux et traverse presque seul toute la cathédrale; tout le monde se presse autour de lui, on lui présente des enfants pour qu'il les bénisse, ce sont de continuels témoignages d'affection auxquels il répond avec la plus grande affabilité; c'est en vain qu'on lui répète sans cesse qu'il n'a encore rien pris et que la fatigue l'accable, il a peine à se détacher de ces hommages tout spontanés qui lui sont adressés et qui l'émeuvent profondément.

Ce spectacle grandiose du prélat chantant la messe de ses noces d'or et d'argent et recevant les témoignages de l'affection de tout un peuple, a été délicieusement chanté dans une poésie remarquable qui trouve ici sa place.

LES NOCES D'OR ET LES NOCES D'ARGENT

A Monseigneur MEIGNAN, Archevêque de Tours

La cathédrale est pleine et la foule est immense,
Du prélat bien-aimé ce sont les noces d'or.
Il épousa l'Église étant bien jeune encor ;
La Foi, la Charité, que suivait l'Espérance,
Etaient toutes les trois demoiselles d'honneur ;
Mais l'épouse n'eut pas la bague de rigueur ;
Et c'est l'époux qui porte un anneau d'alliance.

L'Église ne fit pas ce cadeau nuptial
Le jour du mariage avec le jeune prêtre ;
Elle ne savait pas alors qu'il devait être
Grand seigneur, Archevêque. . et, qui sait?... cardinal.
Elle se mariait comme une jeune fille
Qui, sans voir l'avenir, où quelque splendeur brille,
Epouse un lieutenant qui devient général.

Sur bien d'autres, les ans, tout remplis d'amertumes.
Passent bien lourdement, et font courber leur front
Sous le pesant fardeau de leurs ailes de plomb ;
Pour ceux-là, c'est l'hiver, le temps sombre et les brumes,
Mais, pour lui, chaque année est pareille à l'oiseau
Se posant doucement, sans ployer le rameau,
Qui ne sent pas le poids de ses ailes de plumes.

Ce prêtre, compagnon de peine et de bonheur,
Qui fait en même temps que lui sa cinquantaine,
C'est celui qui, partout, le suit où Dieu le mène,
Dit tout bas : « Mon ami », dit tout haut : « Monseigneur ».
A l'évêché lointain qu'on lui donnait naguère,
A l'anneau qu'on veut mettre à son doigt, il préfère
La chaîne d'amitié que Dieu rive à son cœur.

Mais deux ombres, là-bas, se glissent par merveille !
C'est David, Salomon, qui tous deux, à l'oreille,
Parlent à l'Archevêque et disent : « Nous voici ;
Nous descendons du ciel pour te dire : Merci
De tes livres brillants, de ta sainte louange.
Dieu joignit à ta crosse une plume d'archange,
Pour te mettre à la main deux sceptres à la fois. »

Le cèdre de la cour, après ces deux grands rois,
Dit : « Monseigneur, je veux aussi vous rendre hommage ;
J'ai vu, pour vous fêter, passer sous mon feuillage ;
Evêques, cardinaux, dont les riches habits
Sont couleur d'améthyste et couleur de rubis ;
Moi, j'ai mon manteau vert, plus magnifique encore.
Votre église a le chantre et la cloche sonore ;
Mais, moi, j'ai l'alouette, un chantre du soleil,
La fauvette d'hiver, qui, toujours en éveil,
Chante pour saint Martin ; j'ai des colombes blanches,
Et pour vos noces d'or, j'invite sur mes branches
(Depuis les grands aiglons jusques aux roitelets)
Plus d'oiseaux qu'on ne voit d'évêques au palais. »

Mais le saint Archevêque, avec son doux sourire,
Son long manteau de roi, qu'on suit et qu'on admire,
Parcourt l'église, et tous cherchent sur son chemin
Les bénédictions qui tombent de sa main.
Ses amis font pour lui quelque prière ardente,
Où la bouche est muette, où l'âme est éloquente.
Dieu les comprend toujours, ces prières sans bruit,
Il sent leur feu caché, qui pour lui seul reluit ;
Dans l'œil qu'on lève au ciel il voit la moindre larme.
Les hymnes qu'on lui lance avec un grand vacarme,
Bien souvent, voyez-vous, Dieu ne les entend pas ;
Mais il entend le cœur qui lui parle tout bas.

Oh ! l'on se souviendra de ces fêtes princières,
Qui, par leur majesté, leurs mitres, leurs bannières
Décorant les piliers, brillant et voltigeant,
Sont bien des noces d'or et des noces d'argent.

Anaïs SÉGALAS.

*
* *

Aussitôt après le déjeuner, NN. SS. les Évêques se rendent en voiture à la basilique dont on a célébré lundi dernier l'inauguration ; ils vont prier sur le tombeau du grand saint Martin, pour le vénéré prélat qui a mis tout son dévouement à sa glorification.

De nombreux groupes d'hommes se sont également réunis à la cathédrale afin d'accomplir, comme les années précédentes, leur pieux pèlerinage.

C'est du reste par milliers qu'on peut évaluer le nombre de personnes qui visitent la basilique pendant toute la journée. On comprendra l'affluence que ces fêtes ont amenée en notre ville,

si on considère qu'une foule compacte remplissait à la fois les jardins de l'archevêché, les
rues adjacentes à la place, la cathédrale, la
Basilique, sans compter le va et vient continuel
entre ces différents endroits de la ville.

Vers deux heures et demie, la foule se portait
en masse dans la cour de l'archevêché et sur la
place. Les prélats se trouvent alors réunis sur une
terrasse qui domine toute l'assistance.

S. E. le cardinal Langénieux prend la parole.
Archevêque de Reims, il évoque le souvenir de
saint Rémi qui a baptisé Clovis et avec lui la
nation française. Mais Clovis, au moment de recevoir le baptême, était arrêté par un dernier scru-
pule de conscience ou par la crainte de déplaire
à ses leudes, à ses compagnons d'armes. Il vint
demander à saint Martin et il obtint par lui la
lumière et la force dont il avait besoin.

De sorte que saint Martin est en réalité le père
de la nation très chrétienne.

Eh bien, ajoute l'éminent orateur, ce concours
immense dont nous sommes témoin en l'honneur
du grand apôtre des Gaules, cette basilique nouvelle inaugurée sur son tombeau, indiquent que
la France veut toujours être ce qu'elle fut dès
l'origine et ce qui fit sa grandeur et sa gloire :
une nation chrétienne.

Or, à l'heure actuelle, dans les temps présents,
c'est vous, peuple, qui décidez du sort de la
patrie.

La France demeurera chrétienne parce que
vous voulez qu'elle le soit.

J'en ai pour garant cette imposante multitude
qui réjouit votre bon Archevêque, qui met une
flamme nouvelle au cœur des évêques présents
et qui, en marquant une date inoubliable dans
les annales de ce beau diocèse, en marquera peut-
être une aussi dans les destinées de la France.

Ces paroles convenaient à merveille à l'illustre
cardinal qui a conduit et conduira encore les
ouvriers français aux pieds de Léon XIII.

Tous les prélats donnent leur bénédiction. On
remarque auprès d'eux une grande crosse faite
de fleurs et offerte à Mgr Meignan par une dépu-
tation rurale. Saint Martin n'a-t-il pas en effet été
l'apôtre des campagnes gauloises ? N'est-ce pas
lui qui a fondé et doté de prêtres résidents nos
premières paroisses rurales ? L'emblème était
venu à propos et la fanfare avait raison de le
saluer de son harmonie joyeuse.

Mais déjà la foule a envahi la cathédrale. C'est
une multitude telle que jamais peut-être le vaste
édifice n'en a renfermé de semblable.

Les vêpres commencent. Mgr Gonindard officie ;
Mgr Meignan est à son trône jubilaire. Après le
Magnificat un mouvement de satisfaction se pro-
duit dans l'immense assistance ; l'orateur attendu,
Mgr Pagis, évêque de Verdun, l'apôtre de Jeanne
d'Arc apparaît dans la chaire.

O virum ineffabilem!
O homme ineffable !

ÉMINENCE,

MESSEIGNEURS,

MES FRÈRES,

Il est ineffable en effet cet homme, ce soldat, ce moine, cet évêque, cet apôtre, ce thaumaturge, ce grand saint, dont j'ai le périlleux honneur de faire l'éloge devant vous. Quand je regarde la merveilleuse vie de saint Martin, les prodiges qui la remplissent, l'influence étonnante qu'elle a exercée sur le pays des Gaules, qui lui a survécu et dont le rayonnement s'étend jusqu'à nos jours, je ne puis m'empêcher de m'écrier : Martin n'est pas un saint comme un autre ; Dieu a voulu le distinguer entre tous les saints. Dans cette grande physionomie, ce ne sont pas seulement les traits d'un individu ; j'y vois ceux d'un pays, d'une nation, d'un siècle. C'est qu'en effet, Martin a fait les Gaules à son image, le siècle à son image, et qu'il a préparé très effectivement la formation et l'avenir de la grande nation française.

C'est à ce point de vue général et chrétiennement patriotique que je voudrais me placer. Je laisse le récit détaillé d'une vie extraordinaire où le miracle est de tous les jours ; ce récit serait édifiant, réconfortant pour la foi et singulièrement gênant pour le rationalisme contemporain ; mais il me semble qu'il vaudra mieux suivre les grandes lignes de l'histoire et les faire converger vers un point lumineux, d'une certitude incontestable, parce qu'ils sont d'une évidence parfaite : savoir, que saint Martin a été appelé de Dieu pour déblayer le sol où devait s'élever notre édifice national et poser les bases de ce bel édifice ; il a pris, pour la façonner, l'âme de ce peuple, qui devait être bientôt l'âme de la France, et il lui a donné un courage chevaleresque, un génie aux charités vives et pénétrantes, toute l'ardeur, toutes les générosités de la foi, cette force d'expansion qui nous a conquis toutes les sympathies et a fait de nous le peuple apôtre parmi tous les peuples du monde.

Je salue saint Martin comme père de la patrie française : soldat, moine, évêque, apôtre et thaumaturge, sa vie est le prélude de nos destinées glorieuses et c'est autour de son tombeau que ces destinées se sont épanouies; il est nôtre par sa vie et son action prodigieusement féconde; il est plus nôtre peut-être, après sa mort, par sa protection prodigieusement miraculeuse : pendant huit siècles de notre histoire, c'est en saint Martin que la France se résume.

ÉMINENCE,

Je ne veux pas commencer sans vous offrir l'hommage de ma vénération profondément affectueuse : Vous apportez à cette fête l'éclat d'une présence, qui nous réjouit tous, évêques, prêtres, fidèles. Pourquoi ne pas vous dire le mot qui vient de tous les cœurs : nous vous aimons ! Nous aimons l'illustre Cardinal que le grand Léon XIII honore, je le sais, de la confiance la plus intime ; dont la haute intelligence et l'activité féconde provoquent tous les jours davantage l'admiration de la France catholique ; dont les qualités aimables et la bonté séduisante enlèvent toutes les sympathies. J'exprime, Éminence, mes sentiments personnels ; mais je suis sûr d'exprimer aussi les sentiments des prélats vénérés qui forment autour de vous comme une brillante cour d'honneur.

Monseigneur l'Archevêque de Tours, je ne puis pas ne pas vous saluer dans les joies et les gloires de vos noces d'or. L'éloquent archevèque de Sébaste était ce matin l'interprète de notre admiration et de notre fraternelle affection. J'ajoute une note à ce beau concert où les félicitations de vos frères dans l'épiscopat s'unissent à celles de la ville de Tours et du diocèse tout entier. Quelque humble que soit ma sympathie, je désire qu'elle trouve le chemin de votre grand cœur, qu'elle y entre et qu'elle y demeure.

Messeigneurs, en présence d'un pareil nombre de princes de l'Eglise, que distinguent tous les mérites, tous les talents, toutes les vertus, j'aurais lieu d'être intimidé ; je le serais certainement, si je ne savais pas qu'à tous les tresors de la science et de l'éloquence, vous ajoutez celui d'une bienveillance toute fraternelle ; cette pensée me rassure ; je compte sur votre indulgence et je la réclame avant de commencer.

I

MARTIN SOLDAT

Le iv° siècle de notre ère est remarquable entre tous, dans l'histoire de l'Église et du monde ; il nous offre le spectacle d'une de ces antithèses grandioses, où apparaissent les agitations des peuples sous la main de Dieu qui les mèue.

Après trois cents ans de luttes, le christianisme avait vaincu ; il avait vaincu par cette force divine qui s'appelle l'abnégation, l'immolation volontaire, le martyre. Le sang des chrétiens avait coulé à flots ; le sol du paganisme en était tout imbibé ; c'était la semence divine ; elle avait germé ; elle grandissait et promettait une abondante moisson. Depuis le jour où l'Eglise était sortie des catacombes pour paraitre à la lumière de la liberté, le Christ allait de ville en ville et de peuple en

peuple, conquérant pacifique des âmes, et les voix
du Christ avaient une éloquence, un éclat, un re-
tentissement qui dominait le monde ; elles s'appe-
laient Jérôme, Basile, Chrysostôme, Athanase, Am-
broise, Augustin, Hilaire ; j'en passe et des plus
illustres. — Voilà un spectacle consolant : c'est le
soleil chrétien qui monte à l'horizon et inonde
l'univers de sa lumière. En voici un autre qui
frappe par le contraste : c'est un spectacle de dé-
cadence et de ruine.

L'Empire Romain, qui avait étendu ses limites
jusqu'aux extrémités du monde et réunissait dans
une immense agglomération tous les peuples connus, ce vaste Empire ne tenait plus. On était las de
la tyrannie des Césars et la tyrannie capitulait
devant les rébellions, qu'elle ne pouvait plus
atteindre, devant l'hostilité des peuples de raccs et
de caractères divers soumis au même frein, devant
les ambitieux, toujours habiles à exploiter les mécon-
tentements populaires. Déjà l'Orient s'était séparé
de l'Occident, l'autorité suprême était à la merci
des prétoriens, et les soldats mutinés faisaient et
défaisaient les empereurs.

Et cependant l'heure était solennelle ; aux fron-
tières de l'Empire un bruit formidable avait re-
tenti : c'étaient les Barbares qui arrivaient, les
Barbares *fléau de Dieu* sur la vieille Europe. Ils
s'étaient multipliés à l'infini sur les immenses coteaux de l'Asie centrale ; ils étaient des millions et
des millions, audacieux, vigoureux, féroces, sans loi,
sans respect, sans mœurs. Dieu les tenait en réserve ; au premier signal, ils allaient se précipiter
comme un torrent sur l'Empire démantelé.

Vieille Europe, tu es perdue ! Seigneur, j'adore
vos justices comme vos miséricordes : Que le
monde païen soit puni de ses vices et de ses corruptions, il l'a bien mérité ; mais, au milieu de ce
monde corrompu, votre sang a coulé, votre croix a
paru radieuse, drapeau de l'Espérance ; et voici

que des générations nouvelles se lèvent, innocentes et pures; elles vous connaissent, elles vous adorent, elles vous aiment, elles vous prient; les laisserez-vous sans défense à la merci des hordes sauvages? La barbarie sera-t-elle victorieuse, la croix humiliée, l'œuvre de votre sang détruite ! O Christ! levez-vous et venez défendre vous-même votre sainte cause !

Il la défendra, mes frères, mais il la défendra comme Dieu tout seul sait le faire, par des moyens que la Sagesse humaine n'imagine même pas. Voici le défenseur qu'il se prépare :

C'est un enfant qu'il va prendre au cœur de la Pannonie; le père de cet enfant, vétéran des armées romaines, le destinait au métier des armes ; il l'avait appelé *Petit-Mars*, d'où lui est venu le nom de *Martin*. Il le conduit à Pavie, à l'âge de sept ans. Martin devait y grandir dans le voisinage des chrétiens, dont le culte était libre ; par une inspiration secrète il se rend à leurs assemblées : il écoute la parole de l'évêque; elle l'éclaire, le touche, le pénètre; il se fait inscrire parmi les catéchumènes.

A seize ans, et malgré sa résistance, son père l'enrôle; il sera soldat, malgré lui, car ses désirs secrets l'appellent à la solitude et à la vie religieuse ; mais il faut qu'il soit soldat et il le sera, non (plus chez les Sarmates, où il se croyait appelé tout d'abord, mais dans les Gaules; il fera partie d'une légion chargée de défendre cette frontière du Nord, que les Barbares menacent, et par où, contre toute vraisemblance, le salut doit venir.

Laissez-moi saluer, à sa première entrée dans les Gaules, ce jeune légionnaire, sur qui reposent tant d'espérances ; laissez-moi saluer aussi cette terre des Gaules, choisie de Dieu pour être un boulevard contre la Barbarie, le rempart de l'Église et du Christ, la nation soldat de Dieu. Le peuple Gaulois va se transformer, et sa transformation miraculeuse sera l'œuvre du soldat Martin.

Un des caractères essentiels de la nation française, c'est le tempérament militaire : quand nous restons fidèles à notre vocation, à nos traditions premières, nous sommes soldats : il y a dans nos veines un sang généreux, qui facilement bouillonne et nous prédispose aux luttes et aux combats; dans nos cœurs une flamme d'amour patriotique, qui nous fait poursuivre, au mépris de tous les périls, la sécurité, l'honneur et la gloire de la France ; dans notre caractère, une ardeur chevaleresque qui nous arme pour la défense du droit, de la justice, de la faiblesse opprimée, de toutes les grandes et saintes causes. Ces qualités éminemment françaises étaient en germe dans nos premiers aïeux ; je ne le nie pas, mais je crois pouvoir affimer que, sans l'exemple, l'influence, l'action entraînante de Martin, ce beau germe n'aurait jamais atteint l'épanouissement superbe qui a fait l'admiration du monde.

Soldat, Martin l'est à l'origine ; il le sera toujours : il a du soldat la fermeté, la discipline, le courage et l'entrain ; il en a de même la générosité, car le vrai soldat, capable d'héroïsme sur un champ de bataille, connaît aussi les nobles attendrissements du cœur. L'histoire, devenue légendaire, de cette chlamyde coupée en deux pour couvrir la nudité d'un mendiant, nous montre tout ce qu'il y avait de charité compatissante dans l'âme de Martin ; ce qu'il y avait d'héroïsme, nous le verrons bientôt. Après avoir reçu le baptème, sentant que Dieu l'appelait ailleurs, il avait demandé son congé : c'était l'heure où la légion avait reçu l'ordre de partir pour la frontière du Rhin ; en pareille circonstance une demande de congé pouvait paraître un manque de courage. Le jeune soldat chrétien l'a compris ; pour écarter tout soupçon il réclame comme une faveur d'être placé seul, sans casque, sans bouclier, sans épée, en face de l'ennemi, protégé seulement par le signe de la croix. L'Empereur y consent ; que va-t-il arriver, et que peut ce jeune téméraire, seul contre une armée de Barbares ? Ce qu'il peut, le voici : Les Barbares sont saisis de frayeur, ils refusent de combattre ; ils demandent la paix et se rendent à discrétion. O Francs, vous avez deviné votre vainqueur et votre maître ; l'heure approche où Martin vous prépare une autre défaite plus décisive et plus glorieuse pour vous !

Voilà le soldat dans Martin, et le soldat dont le tempérament ne se démentira jamais. Moine, évêque, apôtre, il gardera toujours une allure martiale qui frappera les populations. Il est petit de taille, mais souple, vigoureux, marcheur infatigable ; la physionomie est noble et douce ; mais son vif regard dévoile une âme de feu ; la parole, écho de son âme, est chaude et vibrante ; il aura cette éloquence un peu inculte et rebelle aux règles de l'art, mais qui saisit les masses et les fascine.

En un mot, dans Martin tout respire le soldat : c'est un soldat qui est venu faire la garde autour du berceau de la France ; c'est un soldat qui lui inspire de bonne heure sa loyauté, sa générosité, sa bravoure chevaleresque ; c'est un soldat qui lui montre la route de ses destinées glorieuses, et guide ses premiers pas dans les chemins de la victoire, et quand elle aura grandi, c'est auprès de ce soldat couché dans la tombe glorieuse qu'elle ira prendre le mot d'ordre, retremper son courage et aiguiser, pour la victoire, sa vaillante épée.

France guerrière et militaire, incline-toi avec amour et reconnaissance, devant l'héroïque soldat qui a fait ton éducation première ; tu lui dois l'hommage de ces lauriers qui couronnent ta tête et de ces gloires qui brillent autour de ton front. Martin, vous êtes le soldat incomparable ; je vous remercie d'avoir fait la France soldat : *O virum ineffabilem !*

II

MARTIN MOINE

Martin quitte l'armée à la fleur de la jeunesse et devient moine. Moine, soldat ; ces deux termes paraissent contradictoires, mais la contradiction n'est qu'apparente ; en réalité, le moine et le soldat se touchent par plus d'un point. Le soldat fait abnégation de lui-même, il ne s'appartient pas ; le moine ne s'appartient pas davantage. C'est à la Patrie que le soldat se donne et fait le sacrifice de sa vie, quand ce sacrifice est nécessaire ; c'est à la Patrie, à ses concitoyens que le moine se donne lui aussi, et qu'il fait le sacrifice plus lent, mais non moins méritoire, d'une vie toute d'immolation. Le soldat est soumis à une discipline sévère, mais féconde, qui développe en lui toutes les forces physiques et toutes les énergies morales : le moine est esclave volontaire d'une autre discipline qui l'élève à ce point culminant, d'où il domine les défaillances humaines et retrempe son courage au cœur même de Dieu. Quand l'ennemi menace la frontière, le soldat vole pour faire à la Patrie un rempart de son courage ; il combat intrépide, et s'il tombe, sur sa dépouille glorieuse la Patrie reconnaissante incline son drapeau : quelle mort enviable ! Le moine est toujours aux prises avec l'ennemi, et l'ennemi pour lui c'est tout ce qui amoindrit les âmes et abaisse les peuples : l'erreur avec ses négations, l'impiété avec ses sarcasmes, le plaisir avec ses corruptions : contre eux le moine a le glaive de la parole, celui de la plume, la prière et les affirmations austères d'une vie qui est la condamnation du monde. Il meurt en des combats, souvent ignorés, toujours sublimes, et, si la Patrie savait, elle inclinerait son drapeau sur la dépouille du pauvre moine, comme elle a fait sur celle du soldat tombé au champ d'honneur. Quand je rencontre le soldat, je le salue avec toute ma sympathie ; il est à mes yeux l'incarnation vivante de la Patrie ; quand je rencontre le moine, je le salue avec non moins de sympathie ; il m'apparaît comme l'incarnation des deux amours qui font battre mon cœur : l'amour de l'Église et l'amour de la France.

Je ne m'étonne donc pas que Martin ait quitté le baudrier légionnaire pour le froc du moine. Il se rend à Trèves où il est reçu par saint Maximin ; il y rencontre saint Athanase, le grand exilé de l'Église d'Orient, et, pendant deux ans, il apprend de lui les règles, la discipline, les merveilles de la vie monastique. Après un voyage à Rome, il vient saluer à Poitiers l'Athanase des Gaules, le grand Hilaire, qui lui ouvre les trésors de la divine sagesse. Athanase, Hilaire, Martin, quels maîtres et quel élève !

Martin sera donc moine ; mais où fixera-t-il sa résidence ? Il hésite, ne sachant où Dieu l'appelle. Il retourne en Pannonie pour prendre bientôt la route de Milan. Pendant ce double et périlleux voyage, il est soumis à toutes les épreuves : les brigands le saisissent, le dépouillent, le garottent ; il leur échappe par miracle. Le démon qui déjà le devine, se présente à lui sous forme humaine et lui jure une haine immortelle ; il tiendra parole. Les Ariens le frappent de verges et l'expulsent d'une ville où il a prêché contre eux ; ils le chassent de Milan et le condamnent à aller chercher un asile sur un îlot de la mer de Toscane. Martin, Martin, tu n'es pas dans ta voie ; ce n'est pas en Italie que Dieu te veut ; c'est dans les Gaules qu'il t'appelle : va donc, va ; le grand Hilaire, le glorieux exilé est de retour ; il a vu en Orient toutes les merveilles de la Thébaïde, et ces merveilles tu les reproduiras sous ses yeux, il les faut à la Gaule ; Martin, plus d'hésitation, va !

7

C'était en effet le dessein de Dieu d'appeler Martin à Ligugé et d'en faire le fondateur de la vie monastique en Occident. Pénétrons ce dessein, qui se rattache étroitement à notre vocation providentielle.

A l'heure où Martin se retirait à Ligugé, les Barbares s'avançaient vers la frontière ; ils devaient bientôt la franchir. Sous le flot de l'invasion, qu'allaient devenir les restes de la civilisation romaine et les germes de la civilisation chrétienne à leur premier épanouissement ? Je regarde les Gaules au IV° siècle, et je ne vois rien qui soit capable d'opposer une digue aux envahissements de la barbarie. Dans les villes, il y a des chrétiens, mais en minorité ; les campagnes restent païennes, livrées à toutes les superstitions druidiques. Où trouver, je ne dirai pas une force matérielle, capable de contenir les Barbares; cette force n'existe pas , Rome ne peut plus la fournir ; mais une force morale qui puisse les frapper, les saisir, les désarmer, leur imposer le respect ? Le salut est là, dans cette force, qui vaut mieux que les armes et qui finit toujours par en avoir raison. Eh bien ! mes frères, cette force elle naît à Ligugé ; elle y grandira sous l'action de Martin ; elle gagnera le pays entier ; elle pénètrera les âmes ; elle aura des manifestations sublimes, une lumière éblouissante ; elle subjuguera les Barbares et sauvera les Gaules.

C'est ainsi qu'il faut envisager cette création de génie, faite par saint Martin, la création de la vie monastique en France. N'imaginez pas ce premier monastère de Ligugé comme une réunion de saintes âmes, dégoûtées du monde, et priant Dieu, sans souci de ce qui se passe autour d'elles, indifférentes aux grands intérêts du pays. Non ; ce serait une erreur absolue. Dans la pensée de Martin, le moine devait être saint avant tout; mais il devait être aussi homme de travail et d'étude, lettré, savant. Ce n'était pas à une contemplation stérile qu'il vouait sa vie ; dans sa solitude il préparait des armes, les armes de la vertu contre tous les vices, les armes de la science contre toutes les erreurs. Ces moines, qu'on a tant calomniés, nous les voyons, dès l'origine, travailleurs obstinés, copistes infatigables, fouillant dans toutes les bibliothèques, collectionnant non pas seulement les trésors de la science sacrée, mais les chefs-d'œuvre de la science et de la littérature païennes, si bien que chaque monastère devenait comme un foyer de lumière qui rayonnait au loin. Autour de ces foyers se groupait une jeunesse nombreuse, studieuse, avide de savoir ; les moines la dirigeaient, l'instruisaient, la formaient : c'étaient les maîtres d'école et les professeurs du temps. Ceci se passait à Ligugé, à Marmoutier, dans tous les monastères, essaims de Marmoutier, qui essaimaient à leur tour, qui couvrirent bientôt les Gaules et les transformèrent intellectuellement.

C'est de ces grands centres de vie intellectuelle que sortaient tous les hommes éminents, évèques, prêtres, apôtres ; c'est là que Martin choisissait les compagnons de son apostolat, les missionnaires héroïques de ces temps difficiles, les évèques des églises qu'il fondait ou qui étaient veuves de leurs pasteurs. C'est là qu'il a toujours vécu, et c'est là qu'il a voulu mourir.

Je n'imagine rien de plus admirablement beau que le spectacle de ce patriarche de la vie cénobitique en Occident, au milieu de cette grande famille, qui l'entoure, docile, respectueuse, attentive et recueillant comme autant de perles précieuses toutes les paroles qui tombent de sa bouche. Hilaire allait le voir quelquefois, et alors quelle joie pour la famille du cloître ! quelles conversations entre les deux saints ! quels divins enseignements et quels trésors de lumière pour les intelligences !

Vous pouvez comprendre quelle dut être, rien

qu'au point de vue intellectuel, l'influence de
Martin sur son siècle. Il a brillé comme une vive
lumière, au milieu des ténèbres : *lucerna lucens et
ardens ;* il est le père de ces générations intelligentes qui élèveront partout le niveau des âmes,
combleront l'abîme où la civilisation chrétienne
allait s'engloutir, garderont intacts les trésors
intellectuels des siècles, et arrêteront la Barbarie,
non plus à coups d'épée, mais à coups de lumière
et d'énergie morale. — Barbares, vous pouvez
entrer maintenant; victorieux par les armes, vous
serez vaincus par la vérité : vous courberez votre
front devant les moines de Martin ; vous brûlerez
ce que vous avez adoré ; vous adorerez ce que vous
avez brûlé ; vous mêlerez votre sang généreux au
vieux sang de la Gaule et de Rome, et une nouvelle
nation paraîtra, sous les bénédictions du Christ et
de l'Eglise, la plus intelligente de toutes les nations, dont le génie éclairera le monde, la nation
élevée par Martin, instruite et formée par Martin,
la nation de Martin, en un mot, la France.

O Martin, je vous remercie une seconde fois :
vous avez été l'incomparable éducateur de la nation
française, et c'est à vous qu'elle doit la supériorité
de son génie : *O virum ineffabilem !*

III

MARTIN ÉVÊQUE

L'Épiscopat est toujours une charge redoutable ;
cette charge ne fut jamais plus lourde qu'au
ıvᵉ siècle, à cette époque de confusion, de discorde,
de violences, où presque partout la force était le
droit. La magistrature de l'évêque était universelle :
elle devait s'étendre à tous et à tout. Affirmer
contre le paganisme la doctrine sévère de l'Evangile ; faire prévaloir contre les hérésies l'intégrité

de la foi, au risque d'être jeté en exil, d'un bout du
monde à l'autre ; couvrir d'une protection paternelle la multitude des pauvres, des faibles, des
abandonnés; protester contre l'arbitraire, le ca-
price, la tyrannie ; y substituer doucement, lentement, à force d'énergie persévérante, l'humanité,
la justice, la charité; s'adresser aux gouverneurs
des provinces, paraître devant les empereurs eux-
mêmes, leur parler avec une ferme indépendance
et leur faire accepter comme règle de gouverne-
ment une autorité plus haute que la leur; assouplir
ainsi les âmes, apprivoiser les caractères, adoucir
les mœurs, et faire d'un peuple indompté le peuple
le plus doux, le plus civilisé, le plus aimable du
monde, voilà l'œuvre surhumaine, accomplie par
nos évêques à l'origine et dans la suite de notre
histoire ; ils ont fait la France, à force de dévouement, de zèle, de patience, de sainteté, de génie.

A leur tête, je vois saint Martin et je l'admire. Il
ne voulait pas être Évêque, il avait peut-être raison. Vous savez par quelle ruse les gens de Tours
l'enlevèrent à ceux de Poitiers et quelles acclamations saluèrent son entrée dans votre ville. Obligé
de se résigner et de recevoir la consécration épiscopale, Martin commença une vie nouvelle, je dis
nouvelle à cause de la responsabilité plus lourde,
car elle ne le sera pas autrement. Évêque, il reste
moine et ne change rien à la pauvreté, rien à l'aus-
térité de sa vie. Son palais épiscopal est une cabane
de planches adossée à l'église; il y reçoit la multitude des visiteurs, la multitude des pauvres surtout, car ils restent toujours sa famille bien-aimée ;
Martin ne cesse pas de leur être un aide; il n'a rien
et il dispose de tout : c'est l'admirable secret de la
pauvreté évangélique : *nihil habentes et omnia
possidentes.*

Mais on abuse du saint Évêque et la cabane est
assiégée nuit et jour; il n'a plus le temps d'élever
son âme à Dieu dans le silence des oraisons su-

blimes : *oculis ac manibus in cœlum semper intentus.* Il se dérobe à la foule et se retire non loin d'ici, dans une vallée profonde et d'accès difficile. Il y construit une cabane de bois ; quelques disciples s'attachent à lui, creusent des grottes dans le rocher, se font des huttes avec des branches ; c'est Marmoutier qui commence ; près de Tours, c'est la Thébaïde qui va refleurir.

Mais le moine n'oublie pas qu'il est Évêque et qu'il se doit à son diocèse ; il travaille à l'organiser ; il le visite régulièrement, il y établit la vie paroissiale, et quand son troupeau est menacé, de quelque point que vienne la menace, le pasteur vigilant est là pour le défendre. On se rappelle ce comte Avicien, gouverneur de Tours, dont Sulpice Sévère compare les instincts à ceux d'une *bête féroce.* Un jour, il avait fait son entrée dans la ville, avec un appareil formidable, précédé de ses licteurs et traînant à sa suite une longue file de malheureux, garrottés comme des criminels, mourants de douleur, de fatigue et de faim. Ils étaient coupables de n'avoir pu payer l'impôt ; quelques-uns s'étaient compromis dans les luttes politiques ; on devait les exécuter publiquement le lendemain ; c'était la justice sommaire de ce temps-là. A ce spectacle navrant, Martin n'y tient plus ; son cœur d'Évêque est brisé ; l'exécution n'aura pas lieu ; c'est lui qui l'arrêtera. Il part dans la nuit sombre ; il arrive après minuit au palais du gouverneur ; il se met à genoux sur le seuil de la grande porte ; une prière ardente monte de son cœur à ses lèvres. Au même instant un ange va troubler le sommeil d'Avicien : « Tu dors, lui dit-il, et le serviteur de Dieu est à ta porte ! » Avicien se lève effrayé, ouvre lui-même la porte à l'Évêque, et devinant le but de cette étrange visite, il lui accorde la grâce de tous les condamnés, la liberté de tous les captifs. Dans la suite, les Tourangeaux n'eurent plus à craindre le terrible gouverneur ; de ce loup dévorant, Martin avait fait

presque un agneau. Cette charité envers les captifs
est un trait dominant de la vie de Martin, un de
ceux dont les populations reconnaissantes ont
gardé fidèlement et transmis le souvenir.

Le zèle du grand Évêque ne s'arrêtait pas aux
limites de son diocèse ; il s'étendait à toutes les
Gaules ; il allait même au delà, quand il fallait
défendre les grands intérêts de la foi et de la discipline catholique. Je ne dirai qu'un mot de cette
hérésie des Priscillianites, renouvelée des Mani-
chéens, qui troublait alors l'Espagne et pour
laquelle Martin fit deux fois le voyage de Trèves.
Les évêques espagnols avaient circonvenu l'empereur Maxime et lui demandaient une répression
immédiate, sévère, sanglante. Ils avaient tort : ce
n'est pas la violence qui ramène les âmes ; par
malheur la violence était dans les mœurs du siècle.
Ils trouvèrent en Martin un opposant redoutable,
animé du véritable esprit chrétien, qui est douceur,
mansuétude, miséricorde et pardon. On nous accuse
quelquefois d'être intolérants ; si l'on veut dire que
nous sommes les gardiens inflexibles de la vérité
catholique, dans son intégrité parfaite, sans dimi-
nution d'un *iota*, on a raison ; cette accusation est
notre gloire ; mais si l'on entend que nous sommes
durs aux défaillances humaines, sans pitié pour
les âmes trompées, abusées, égarées, même coupables, on a mille fois tort. Voyez votre grand
Évêque : il franchit d'immenses distances pour
suivre des révoltés, et détourner de leur tête les
supplices qui les menacent ; dans l'espérance de
désarmer l'Empereur, il consent à se mettre quelques instants en communion avec des évêques qu'il
désapprouve et que l'Église désapprouvera. Cette
concession il se la reprochera comme un crime, et
il faudra qu'un ange vienne le consoler ; mais elle
nous montre la bonté large et miséricordieuse qui
remplissait l'âme de Martin. C'est cette bonté, qui
est toujours au cœur de l'Église ; l'intolérance peut

être le fait des individus ; elle n'est jamais une inspiration du véritable esprit chrétien.

Voilà, dans une esquisse rapide, l'épiscopat de Martin ; il a exercé sur les Gaules une action puissante et décisive ; il a désarmé la force brutale, il a fait entrer dans les esprits et dans les mœurs les grandes idées de justice, le respect pour la faiblesse, la pitié pour les malheureux, la charité pour tous. Il a commencé cette ruche superbe, à laquelle chaque évêque de l'avenir devait travailler, comme une abeille intelligente, et qui devait contenir, au lieu de miel, tous les trésors de la civilisation chrétienne.

France, si ton cœur est le plus noble qui soit au monde ; si l'égoïsme ne l'a pas encore atteint ; s'il garde, malgré le malheur des temps, toutes les délicatesses, toutes les spontanéités généreuses, tout l'héroïsme de la charité, c'est que dans le sang qui le fait battre, il y a toujours la sève chrétienne que Martin lui a donnée ; on a beau faire, on a beau dire, cette sève reste aux veines de la France et lui assure un rang d'honneur parmi les peuples chrétiens.

O Martin, je vous remercie une troisième fois ; vous êtes l'Evêque incomparable à qui la France doit d'être la plus chrétienne des nations : *O virum ineffabilem !*

IV

MARTIN APOTRE ET THAUMATURGE

Le rôle de l'évêque est sublime ; il me semble que celui de l'apôtre est plus sublime encore. Or, Martin fut apôtre, et rien n'égala la puissance, la fécondité, la gloire, de son apostolat.

Je contemple avec étonnement cet apostolat de plus d'un demi-siècle ; les Gaules sillonnées dans

tous les sens, du Rhin aux Pyrénées, des Alpes à la
Bretagne; toutes les villes évangélisées; les populations des campagnes poursuivies et atteintes dans
des retraites inaccessibles, au sein des forêts
immenses; partout les idoles renversées, les temples détruits; sur leurs ruines la croix du Christ,
qui apparaît comme un signe de triomphe. Et je
me demande qui a donné des ailes au prodigieux
apôtre, car il ne marche pas, il vole; je me demande
où il a puisé ces ressources surhumaines de force
morale et de vigueur physique, car après des journées de marche, par des chemins impossibles, dans
les bois, dans les ravins, sur les montagnes, il passe
à genoux et en prière la moitié des nuits; il dort sur
la dure, à la belle étoile, et ne veut qu'une pierre
pour oreiller. Croirait-on qu'il a parcouru dix fois
de la sorte les deux rives du Rhin jusqu'à la mer
du Nord, celles du Rhône jusqu'à la Méditerranée?
Ses courses à l'intérieur ne se comptent pas. Je ne
sais pas si du nord au sud, de l'est à l'ouest, il y a
une bourgade que Martin n'ait pas évangélisée, un
coin de terre où il n'ait pas gravé le souvenir de son
apostolat. Il a laissé son nom aux bois et aux fon-
taines, aux oratoires modestes des campagnes,
comme aux basiliques des villes; on retrouve çà et
là, d'un bout à l'autre de la France, de simples
pierres grossièrement taillées, élevées à la mémoire
de Martin, et portant cette inscription touchante :
Il racheta les captifs. Nombre de paroisses ont
voulu porter son nom; plus de quatre mille se sont
placées sous son patronage; j'en compte plus de
quatre-vingt dans le seul diocèse de Verdun. Et
ce n'est pas seulement dans l'ordre des idées religieuses qu'apparaît le grand souvenir de Martin;
il se mêle à tout, même dans la suite ordinaire de
la vie : que le ciel se déride, en cette saison
sombre de l'automne, et que nous ayons une série
de jours ensoleillés, c'est l'été de saint Martin; que
les populations d'une contrée se réunissent au jour

et au lieu fixés d'avance pour leurs transactions commerciales, leurs ventes et leurs achats; ce sont les marchés de saint Martin. — En vérité, jamais homme n'exerça sur un peuple une influence comparable à celle de saint Martin sur les Gaules; il les avait fascinées; elles ne semblaient vivre qu'avec lui et que par lui. Aussi bien son apostolat fut-il l'origine et la cause d'une transformation complète. A son arrivée, les Gaules étaient païennes; on n'y comptait qu'une infime minorité de chrétiens; à sa mort, le paganisme avait disparu, Martin avait établi sur ses ruines l'universelle royauté du Christ.

Quel peut être le secret de cette influence invraisemblable exercée par Martin? Le courage, l'éloquence, la haute sainteté de l'apôtre expliquent beaucoup de choses, mais n'expliquent pas tout : pour dompter ces natures à demi-sauvage, rebelles au frein, des Gaulois nos aïeux, il fallait plus que le courage, plus que l'éloquence, plus que la sainteté même; il fallait cette puissance, qui fascine, qui éblouit, qui renverse et qui demeure sans réplique; vous avez nommé le miracle : c'est le miracle qui a été la grande force de saint Martin; c'est à coups de miracles qu'il a tué le paganisme.

Je vais trouver devant moi la critique rationaliste : je vous avoue que je la crains peu, et il ne me déplairait pas, si j'avais le temps, de batailler avec elle. Je me contenterai de lui mettre sous les yeux les miracles de Martin; ils se sont accomplis, non pas en quelques rares circonstances, mais presque tous les jours, pendant un demi siècle; non pas dans le secret et dans l'ombre, mais au grand jour, devant les foules, en présence des habitants des villes, comme de ceux des campagnes; ils sont rapportés par les historiens contemporains les plus intelligents et les plus dignes de foi : des monuments ont été élevés, pour en garder la mémoire, toutes les grandes voix du siècle les proclament avec admiration. Critique rationaliste, que tu me parais chétive, en présence de ce vaste concert de tout un peuple et de tout un siècle !

Martin est donc un thaumaturge, le plus admirable de tous les thaumaturges, et c'est par le miracle que s'expliquent les merveilles de son apostolat.

Il commande à la mort et la mort rend ses victimes : c'est arrivé trois fois au moins.

Il commande à la maladie, à toutes les maladies, et, sur un signe, elles disparaissent : témoin ce lépreux, qui reçoit un jour le baiser de Martin ; après ce baiser de charité sublime, de l'horrible lèpre il ne reste plus aucune trace.

Il commande aux infirmités humaines : elles s'évanouissent comme par enchantement ; sur son passage, les aveugles voient, les sourds entendent, les muets parlent, les paralytiques se redressent.

Il commande aux éléments et leur fureur vient mourir à ses pieds : un jour, pendant son sommeil, le feu prend dans sa cellule, les flammes l'enveloppent ; il va périr infailliblement : il s'éveille, il prie, et les flammes s'écartent et il sort intact d'un immense brasier, comme les enfants juifs sortirent de la fournaise.

Il commande à la nature dont les lois se plient dociles à sa volonté souveraine : un jour, chez les Eduens, on l'attache à un arbre druidique ; il est convenu que l'arbre sera coupé, qu'on l'inclinera, dans sa chute, du côté de Martin, et que si Martin n'est pas écrasé, les païens se convertiront. La hache fait son œuvre ; l'arbre s'incline ; Martin va être broyé ; les païens triomphent ; mais, ô prodige ! à un signe de croix de l'apôtre, l'arbre se redresse et va tomber sur les païens épouvantés.

Il commande aux animaux, et les animaux lui obéissent, comme ils le faisaient au premier homme innocent : il appelle et renvoie les poissons, les serpents, les oiseaux ; n'a-t-il pas laissé son nom, comme pour le récompenser de son obéissance, à ce charmant petit oiseau qui vit en se jouant et en pêchant sur votre beau fleuve ? Vous savez tous ce fait de violence brutale dont Martin fut victime sur la route de Tours : des soldats qui conduisaient une voiture du fisc l'accablent de coups et le laissent presque mort sur la route. Soudain les mules s'arrêtent et refusent d'avancer ; le fouet, les coups sont impuissants ; elles demeurent immobiles, comme clouées sur place, et ne consentent à partir que lorsque les soldats, ayant reconnu Martin, sont venus à ses pieds pour lui demander pardon.

Il commande à son implacable ennemi, au démon, et lui inflige d'innombrables et d'irréparables défaites. Il le condamne à sortir du corps des énergumènes ; à son aspect les idoles élevées à Satan tombent et se brisent ; les temples des superstitions païennes s'ébranlent et s'effondrent ; les ruines du paganisme couvrent partout le sol des Gaules, et Satan, dans sa rage impuissante, ne les relèvera jamais.

Il commande, oserai-je le dire ? aux anges et aux saints, ou plutôt les anges et les saints sont heureux d'aller converser avec lui. Gatien, votre premier évêque, lui répond du fond de sa tombe et lui demande de le bénir ; on entend quelquefois, dans sa cellule, des voix d'une mélodie divine : c'est le Ciel qui le visite et lui parle ce langage que l'oreille de l'homme n'entend jamais ici-bas. Un jour, il descendait le Rhône en barque : il écoutait, les yeux tournés vers le ciel, et sa figure exprimait le ravissement : un ange lui racontait ce qui se passait au concile de Nîmes auquel il n'avait pu assister.

Quand nous lisons ces prodiges nous sommes stupéfaits, et nous croyons rêver. Pauvre foi que la nôtre ! Nous oublions que les saints disposent quelquefois de la toute-puissance divine et que Martin en a disposé, plus que personne, pour la transformation chrétienne et les destinées glorieuses de ce grand pays qui s'appellera bientôt la France. Aussi bien l'âme de la France a gardé quelque chose de ce contact d'un demi-siècle avec l'âme de l'apôtre et du grand thaumaturge.

France, souviens-toi : après avoir été la terre des miracles, n'es-tu pas devenue la terre des dévouements héroïques et des courages prodigieux ! Ton peuple a été le peuple apôtre, le peuple armé contre les hérétiques et les infidèles, le peuple des croisades, le peuple toujours prêt à donner son or et son sang pour la grande cause de Dieu, de l'Eglise, de la justice et de la vérité. Encore aujourd'hui, malgré le travail destructeur de deux siècles d'impiété, ne reste-t-il pas le peuple des missionnaires, des sœurs de charité, des apôtres, des martyrs ? Ces nobles enfants ne vont-ils pas sur les plages lointaines, combattre le paganisme, à l'exemple de Martin, par la parole, par la prière, par tous les sacrifices d'une vie qui se dévoue jusqu'à l'héroïsme ; comme Martin ne font-ils pas des miracles et notre siècle n'a-t-il pas vu les miracles du bienheureux Chanel et du bienheureux Perboyre ? ô France, le sang de tes premiers aïeux, ce sang renouvelé, béni, consacré par Martin, coule encore dans tes veines et t'assure dans le monde, malgré tes défaillances, la royauté de l'apostolat.

O Martin, je vous remercie une quatrième fois ; vous avez été l'apôtre incomparable et vous avez fait la France apôtre : *O virum ineffabilem !*

V

LE TOMBEAU DE SAINT MARTIN

L'œuvre de saint Martin est finie ; le Paganisme est mort dans les Gaules ; le Christ est partout victorieux, et la France chrétienne va naître à

l'ombre de la croix. L'apôtre des Gaules a 82 ans ;
son apostolat a duré soixante et quelques années ;
il peut mourir et il meurt au milieu de sa famille
désolée, vous savez comment, dans quelle attitude,
dans quels sentiments de résignation sublime. Il
meurt, mais la mort n'aura sur lui qu'une victoire
d'un moment ; de son tombeau vont jaillir toutes
les sources de la vie ; son œuvre civilisatrice non
seulement ne sera pas suspendue, mais le grand
mort lui donnera une impulsion irrésistible et lui
assurera une étonnante fécondité.

Pendant huit siècles le tombeau de saint Martin
est comme le centre de notre vie nationale : les
foules y accourent de tous les points des Gaules, et
les prodiges innombrables qui éclatent sous leurs
yeux, affermissent leur foi et consolident à jamais
l'œuvre du grand thaumaturge. — Les savants y
accourent, comme les foules ; il semble que le
tombeau de saint Martin soit un foyer de lumière
et de science ; des écoles s'y fondent ; des maîtres
habiles y enseignent ; c'est l'origine de nos universités ; c'est le couronnement de l'œuvre intellectuelle du grand moine et du grand Évêque. — Les
rois viennent au tombeau de Martin, comme les
savants, comme les peuples ; pendant de longs
siècles, ils ne tirent jamais l'épée sans avoir
demandé les bénédictions et la protection de saint
Martin ; ils ne vont jamais à la bataille sans arbo-
rer à la tête de leurs troupes, la *Chape* de saint
Martin.

C'est au tombeau du grand Évêque que Clovis
vient affermir sa foi hésitante et se préparer au
baptême ; c'est à Reims, non pas dans la basilique,
mais dans une église du faubourg, dédiée à saint
Martin, que l'eau régénératrice coule sur son front.

Vous êtes gardienne de ce glorieux souvenir,
Éminence, et dans votre foi patriotique, avec ce
sentiment d'opportunité, qui vous distingue, vous
avez l'intention de le raviver et de le rajeunir. Au

14ᵉ centenaire du baptême de Clovis, vous appelle-
rez à Reims la France catholique, et la France vous
répondra avec enthousiasme. Conduite par ses
évêques, elle ira renouveler les promesses de son
baptême, renouveler la vieille alliance avec le Dieu
des Francs, et reprendre, sous les bénédictions du
Christ, la route de ses glorieuses destinées. Vous
serez là, Eminence, pour bénir, dans l'allégresse
de votre âme si catholique et si française, cette
résurrection de la France chrétienne. Je prie Dieu
et saint Martin de vous procurer cette grande joie,
et d'ajouter cette gloire à toutes les gloires de votre
épiscopat.

Clovis fonda la Monarchie française avec saint
Martin ; il saura la défendre, mais toujours avec
saint Martin et par saint Martin. Il écrase les
Visigoths et l'arianisme à Vouillé ; mais avant il a
demandé la protection du Saint, et c'est dans sa basilique, près de son tombeau, qu'il rend grâces au
Dieu des batailles et prend le diadème et la pourpre
romaine.

Deux siècles et demi plus tard le flot de l'invasion
musulmane arrivait jusqu'aux portes de Tours ;
elle ira se briser contre le tombeau du Saint.
Charles-Martel accourt ; la bataille s'engage ; les
fiers vainqueurs de l'Asie, de l'Afrique et de l'Espagne, sont mis en pleine déroute : c'est le salut
de la France et de la civilisation chrétienne ; mais
n'oublions pas que les Francs combattaient sous la
bannière de saint Martin, sous son regard pour
ainsi dire, car des landes de Miré, où avait lieu la
bataille, nos soldats pouvaient voir et la ville et la
basilique de Tours.

Au IXᵉ siècle l'invasion normande fait couler des
flots de sang, accumule les ruines, sème dans le
pays entier la terreur et l'épouvante. Elle s'arrêtera, comme les autres, au tombeau de saint Martin ; ce tombeau est une barrière divine qu'elle ne
franchira pas. Vous gardez ici précieusement le

souvenir de cette journée mémorable, où les Barbares du Nord allaient prendre d'assaut votre ville épuisée. En ce moment de détresse suprême, vos aïeux inspirés par le sentiment d'une invincible foi, prirent la châsse du Saint, la portèrent sur les murs, au chant des hymnes et des psaumes, et l'opposèrent comme un rempart inexpugnable à l'audace des Barbares. A cette vue, saisis d'une terreur panique, les Barbares prirent la fuite en désordre et vos soldats en firent un horrible carnage. Martin sauvait ainsi miraculeusement son peuple, sa ville, son tombeau.

Je pourrais citer d'autres prodiges de ce genre, mais j'ai hâte d'en finir et j'arrive d'un bond au commencement du xve siècle. A cette époque, c'est encore une invasion qui met la France en péril, invasion non plus des Barbares, mais des Anglais. Partout vaincue, déchirée par les discordes civiles, autant qu'accablée par les défaites, la France n'a plus qu'une ville qui résiste, Orléans; mais Orléans est au moment de se rendre et la France va mourir. O Dieu des Francs, pitié !... Eh bien, pitié nous est faite ; voyez-vous cette jeune fille à cheval, l'épée à la main, qui part des marches de Lorraine, des bords de la Meuse, et traverse la France anglaise pour se rendre à Chinon? C'est Jeanne la guerrière, Jeanne l'héroïne, Jeanne la libératrice : elle gagne le roi, la cour, les soldats, le peuple ; elle est nommée chef de guerre; elle va commencer cette série de prodiges, qui sauveront la patrie. Un jour, elle monte à cheval et prend la route de Tours. « Jeanne, où vas-tu? Ce n'est pas à Tours qu'est l'ennemi, tourne bride vers Orléans. » Ah ! Jeanne sait bien ce qu'elle fait : elle va au tombeau de saint Martin, comme y étaient allés Clovis, Charles-Martel, Charlemagne, saint Louis, tous ceux qui avaient aimé la France, tous ceux qui avaient voulu le salut de la France. Que se passa-t-il entre saint Martin et Jeanne d'Arc? Que lui dit le grand Saint

du fond de sa tombe? Je n'en sais rien, mais ce
que je sais bien, c'est que Jeanne partit ayant
pour compagnon l'ange de la victoire et que, sous
les murs d'Orléans les Anglais devaient fuir devant
elle, comme les Barbares du Nord fuyaient au
IXᵉ siècle devant la châsse du thaumaturge.

O saint Martin, merci pour la cinquième fois!
Jeanne, chère héroïne, à toi aussi, merci! Martin,
Jeanne, oh! que ces deux noms font tressaillir mon
cœur de Français! tous deux veulent dire la France,
la France faite à force de miracles, sur les ruines
du paganisme, la France refaite à force d'héroïsme
chrétien, sur les ruines de l'invasion. Martin,
Jeanne, vous vous êtes si bien entendus pour sauver
la France, au XVᵉ siècle; entendez-vous encore, entendez-vous bien pour la sauver une dernière fois.

Je termine par un souvenir des derniers moments
de saint Martin. Autour du saint vieillard qui allait
mourir, les enfants du cloître pleuraient et disaient
en se lamentant : « O Père, pourquoi nous abandonner? Qui sera notre soutien dans la désolation?
Des loups ravisseurs vont faire invasion dans votre
troupeau? *Cur nos, Pater, deseris! Cui nos deso-
latus relinquis! Invadent enim gregem tuum lupi
rapaces!* » Ils avaient tort de se désoler ainsi : ces
loups qui leur faisaient peur, Martin devait les
adoucir et fonder avec eux la France chrétienne.

Aujourd'hui, après quinze siècles, quand je jette
un regard sur cette France fondée par saint Martin, je
suis tenté de prendre, en les modifiant un peu, les
paroles de ses disciples désolés : « Père, ne nous
abandonnez pas! Les loups ont envahi votre troupeau. »

Dieu merci, Martin ne nous a pas abandonnés ; il
n'a pas abandonné sa chère Touraine ; il n'a pas
abandonné la France ; j'en ai la preuve dans cette
succession d'éminents pontifes, qui ont illustré le
siège de Tours et continué les glorieuses traditions
de saint Martin ; ces traditions, vous les avez recueil-

lies, Monseigneur, et de même que saint Martin frappait les erreurs païennes et dissipait par la lumière du Christ les ténèbres des superstitions, de même votre plume, comme une épée brillante, frappe les erreurs de l'exégèse moderne et assure la victoire de la vérité catholique. Non, Martin ne nous a pas abandonnés ; cependant, à l'heure présente, nous nous tournons vers lui avec plus d'anxiété et notre prière sort plus ardente de nos cœurs : « Père, ne nous abandonnez pas; les loups sont entrés dans le troupeau et le ravagent ». L'impiété se moque et triomphe ; la négation antichrétienne ne respecte rien; la peur gagne les consciences catholiques ; le respect humain les tyrannise; on violente nos libertés ; on foule aux pieds nos droits les plus sacrés; le paganisme renaît dans les idées, dans les mœurs de la France, de votre France, ô Martin. Père, ne nous abandonnez pas : vous fûtes si redoutable aux erreurs païennes et vous maîtrisâtes si bien la fureur des Barbares ! Reparaissez, soyez notre sauveur ; étouffez le paganisme renaissant, et convertissez les Barbares de la civilisation moderne. Remettez dans le génie de la France les vives clartés de la foi; au cœur de la France, les ardeurs du courage chrétien ; on la sépare, on l'éloigne de l'Église sa mère et on la fait mourir. Il faut que son cœur batte de nouveau, près du cœur de l'Église pour retrouver ces pulsations généreuses, ces nobles élans, cet enthousiasme qui lui attiraient le respect et l'admiration des peuples. Père, s'il faut un miracle, nous l'attendons de vous : refaites-nous la glorieuse France d'autrefois, la France de Clovis, de Charlemagne, de saint Louis, la France de Jeanne d'Arc, et du sein de cette France ressuscitée s'élèveront vers vous une acclamation de reconnaissance, un cri de victoire et de triomphe : Gloire à l'apôtre des Gaules ! Gloire à saint Martin !

Ainsi soit-il.

Au cours de ce panégyrique, un télégramme arrive et est, à travers la foule, porté à Sa Grandeur ; c'était une dépêche de Sa Sainteté Léon XIII, ainsi conçue :

A. S. E. le Cardinal Langénieux.

Je prie Votre Éminence d'offrir mes plus sincères félicitations à Monseigneur l'Archevêque de Tours, à l'occasion du cinquantième anniversaire de son sacerdoce et du vingt-cinquième anniversaire de son épiscopat. Je m'empresse de vous faire savoir que le Saint-Père, dans ce jour de fête, est heureux d'envoyer à l'éminent prélat, l'assurance de sa plus vive affection, et aussi la bénédiction demandée pour vous, Eminence, pour chacun des évêques assemblés autour de leur Frère, pour le clergé et tous les fidèles de l'archidiocèse de Tours.

CARDINAL RAMPOLLA.

L'Archevêque de Reims lit à haute voix le télégramme et cette lecture produit la plus vive impression.

Au salut, nous entendons de nouveau les chants habilement exécutés du Petit-Séminaire, qui se plaît à offrir ainsi à Mgr Meignan l'hommage reconnaissant et affectueux d'une vitalité pleine d'espérances.

La ville de Tours, disait le lendemain le *Messager d'Indre-et-Loire*, a écrit hier une des plus magnifiques pages de son histoire locale. Elle a le droit d'être fière du spectacle grandiose qu'elle a présenté, et dans lequel elle a montré une population tout entière déposant aux pieds de son pasteur et de son chef, l'hommage public de son affection, de son dévouement et de sa reconnaissance.

Mgr l'Archevêque a, de son côté, dû éprouver un inoubliable sentiment de bonheur à la vue de cet empressement et de ce concours immense. Les larmes ont plus d'une fois brillé à ses paupières, pendant le cours de cette belle journée, où il a été à même de ressentir jusqu'au plus profond de son cœur paternel combien il est doux d'être aimé et béni des siens.

Les joies et les consolations d'hier effaceront, nous en avons l'espoir, bien des amertumes et bien des peines. »

*
* *

Le soir, à 6 h. 1/2, un grand diner officiel était servi à l'Archevêché. Sa Grandeur Mgr Meignan présidait la table, ayant à sa droite Son Éminence le cardinal Langénieux et à sa gauche Mgr Gonindard. Aux places d'honneur se trouvaient, entre tous les évêques venus pour assister aux fêtes jubilaires, les plus honorables personnalités de notre département.

Au dessert, Mgr Meignan se lève et dans un toast très applaudi, porte la santé du Saint-Père.

Après lui, M. Nourrisson, membre de l'Institut, prend la parole :

EMINENCE, MESSEIGNEURS, MESSIEURS,

Qu'il me soit permis de porter la santé de Sa
Grandeur Monseigneur Meignan.

C'est à vous, Eminence, c'est à vous, Messeigneurs, c'est au Saint-Père, dont la bénédiction a
donné à ces fêtes leur consécration suprême, ce
n'est point à un laïque obscur qu'il appartient
d'apprécier les longs et glorieux services que Monseigneur l'Archevêque de Tours a rendus à l'Eglise.
Aussi bien, l'un d'entre vous, Messeigneurs, l'a fait
ce matin en des termes inoubliables.

Je n'ai pas non plus qualité suffisante pour
rendre hommage, comme il conviendrait, à tant
de profonds et lumineux écrits, par lesquels, en
défendant la religion, Sa Grandeur a honoré la
science française.

Ce que je veux simplement mais ce que je peux
pleinement témoigner, en suite d'un commerce de
plus de quarante années, c'est combien Sa Grandeur est restée affectionnée à ses amis, les éclai-
rant des conseils de sa haute prudence, les forti-
fiant par l'exemple de ses rares vertus ; c'est aussi de
quels nobles et patriotiques sentiments a toujours
été rempli son cœur.

Dieu veuille conserver longtemps encore notre
illustre archevêque, et dans ce vœu laissez-moi
comprendre son frère et contemporain en sacer-
coce sinon en épiscopat, l'intime et dévoué colla-
borateur de toute sa vie ; Dieu veuille conserver
longtemps encore notre illustre archevêque, pour
l'Église, pour la science, pour la patrie, pour tous
ceux (ils sont nombreux) qui ont appris à le véné-
rer et à le chérir.

Je bois à la santé de Sa Grandeur Monseigneur
l'Archevêque de Tours. — *Ad multos annos !*

M. l'abbé Delaunay, chanoine de Blois, ancien

sous-directeur de Pont-Levoy, et M. l'abbé Paris, directeur de l'école Ozanam, lisent ensuite deux poésies fort applaudies.

Enfin S. E. le cardinal Langénieux prononce une allocution qui impressionne vivement tous ceux qui ont le bonheur de l'entendre.

Il parle de la belle fête de cette journée.

Rien n'y a manqué : ni le concours des évêques, ni l'affluence du clergé, ni la présence des amis, ni les félicitations et les joies de la famille, ni la sympathie filiale du peuple envahissant votre archevêché, Monseigneur, et votre cathédrale si magnifiquement parée.

Oh ! qui aurait vu cela aujourd'hui serait bien convaincu que la foi est toujours vivante dans le peuple, qu'elle l'est en particulier dans ce beau peuple de la Touraine.

L'éloquence a merveilleusement aussi célébré votre fête. Et l'Église, par la voix du Saint-Père, a voulu tout couronner en vous envoyant la bénédiction apostolique.

L'Église voit avec bonheur une semblable fête, qui est un triomphe pour sa majestueuse hiérarchie.

Messieurs, nous tous présents au festin du soir d'un si beau jour, terminons-le en acclamant cette sainte Église de Jésus-Christ. Après l'avoir saluée dans votre évêque, saluez-la dans son chef suprême, qui est le vaillant pape Léon XIII. Restons unis dans le respect de la hiérarchie comme nous sommes unis dans la foi.

Monseigneur, je répète encore une fois le souhait traditionnel, pour vous qui aimez tant et défendez si doctement le trésor inspiré de cette sainte Église : *Ad multos annos.*

•Pendant le repas, les musiques réunies du pensionnat Saint-Martin, des patronages Sainte-Marie, Saint-Joseph et Saint-Pierre-des-Corps se sont fait entendre dans les jardins.

A huit heures et demie, Mgr l'Archevêque a fait ouvrir les portes de son Palais. Il y avait ce que l'on appelle réception ouverte, et alors ont été admises toutes les personnes qui demandaient à présenter leurs vœux et leurs respectueux hommages au vénérable prélat.

Dans le grand salon, une scène touchante attendait les visiteurs. Mgr Meignan était entouré des membres de sa famille, grands et petits, et à côté d'eux se tenaient le Cardinal de Reims et tous les prélats qui étaient venus célébrer les noces d'or et d'argent. Notre excellent Archevêque s'attendrissait en voyant l'empressement affectueux et sincère que ses diocésains ne cessaient de lui témoigner.

Car la foule immense avait aussi pénétré dans les salons, avide de féliciter le Pasteur, de lui presser les mains, de recevoir ses bénédictions. Toutes les classes y étaient confondues ; à côté du sénateur, du membre de l'Institut, des représentants de la vieille aristocratie, des conseillers généraux, des industriels, des avocats, des négociants, on voyait les plus simples gens du peuple.

C'était fête pour tous ; c'était l'union heureuse de tout un peuple sous la houlette bienfaisante et glorieuse de son Pontife.

Une dernière et agréable surprise était réservée à Monseigneur.

Les membres des Sociétés ouvrières, réunis dans la chapelle de l'Archevêché, attendaient Sa Grandeur.

Un jeune enfant offre un bouquet ; des souhaits pleins de cœur et de délicatesse sont exprimés. Le bon Prélat remercie ces enfants, ces jeunes gens, ces hommes chrétiens, qui sont l'espérance de sa chère ville de Tours. Il est heureux de les bénir ce soir et de terminer les fêtes de son Jubilé en les assurant de sa paternelle et très vive affection.

VI

LE MOUVEMENT AUTOUR DU SAINT TOMBEAU

Nombre considérable et ferveur des pèlerins. — Ce que présage
le relèvement de la Basilique de saint Martin.

Depuis dimanche, disait la *Semaine religieuse*
du diocèse, les pèlerins affluent au saint tombeau.
C'est la prière fervente et continuelle; des pyra-
mides de flambeaux éclairent la crypte; les fleurs
s'amoncellent. On voit de plus en plus renaître la
piété du vieux temps, on verra revenir aussi les
prodiges.

Les fidèles entrent par la basilique; ils paraîs-
sent ravis de contempler ce splendide monument.
Quelques curieux les suivent; mais sortent-ils
sans que le cœur les ait poussés à adresser leur
invocation au grand Saint? Non ! il passe quelque
chose sur leurs lèvres. Saint Martin, entendez ce
qu'ils disent si timidement. Vous êtes un bienfai-
teur, vous êtes surtout un apôtre, un convertis-
seur. Vous convertirez les individus; vous convertirez la société.

Il a été écrit autrefois une belle page dans cet
ordre d'idées, par l'éminent cardinal Pie :

« Le relèvement de la Basilique de saint
Martin sera le gage des pardons que Dieu nous

aura accordés, et, partant, le signe de nos retours vers lui... Martin a été un homme à part, une figure sans seconde. Pour trouver les êtres de cette stature, il faut chercher dans la tradition des siècles, des hommes comme Abraham, Melchisédech, Moïse, Pierre, Paul. La sainte Église appelle Martin un homme ineffable : *O virum ineffabilem !* Il était tellement au-dessus de la nature, qu'il semblait hors de la nature : *extra naturam hominis videbatur*, nous dit Sulpice Sévère. Or, qui sait les desseins de Dieu sur de telles existences ? Elles peuvent avoir des projections, des rejaillissements sur les temps les plus reculés. A l'heure présente, la science se flatte d'avoir *supprimé le miracle, supprimé la démonologie*, supprimé jusqu'à la possibilité de l'ordre surnaturel. Et voici que la grande famille des chrétiens, en acclamant Martin, acclame le miracle qui est comme incarné dans Martin, acclame l'existence des puissances infernales contre lesquelles la vie de Martin a été une lutte incessante, enfin répudie hautement le naturalisme qui contredit toute l'histoire de Martin : *extra naturam hominis videbatur.* Manifestement, il y a là un fait providentiel...

» L'Église romaine chante dans un de ses répons : « Celui-ci est Martin, le pontife élu de » Dieu, à qui le Seigneur a conféré, après les » apôtres, une grâce si abondante que, par la » vertu de la Trinité déifique, il a mérité d'être

» le *ressusciteur* magnifique de trois morts » :
Hic est Martinus, electus Dei pontifex, cui Dominus post apostolos tantam gratiam conferre dignatus est, ut in virtute Trinitatis deificæ mereretur fieri trium mortuorum suscitator magnificus. Eh bien ! on peut dire désormais que ce magnifique ressusciteur a reçu la grâce de se ressusciter lui-même ; après avoir rendu la vie à son sépulcre, il fera renaître sa Basilique ; et ce sera le prélude de toutes sortes de prodiges. Oui, par l'influence bénigne de saint Martin, nous aurons sur le déclin des âges, un brillant automne de la société chrétienne. Nos pères l'ont remarqué, et nous aimons à le redire : la France a été heureuse tant que la dévotion envers saint Martin y a refleuri ; et, quand la France est heureuse, le monde est en paix. »

Tours. — Imp. E. Mazereau.

70

www.ingramcontent.com/pod-product-compliance
Lightning Source LLC
Chambersburg PA
CBHW060822250626
47162CB00005B/1904